AF219104

Wenn die Liebeshormone glücklich tanzen

NATIA IOSELIANI

Wenn die Liebeshormone glücklich tanzen

Bibliografische Information der Deutschen Nationalbibliothek

Die Deutsche Nationalbibliothek verzeichnet diese Publikation in
der Deutschen Nationalbibliografie; detaillierte bibliografische Daten
sind im Internet über http://dnb.dnb.de abrufbar.

© 2018 Natia Ioseliani
Satz, Umschlaggestaltung, Herstellung und Verlag:
BoD – Books on Demand
ISBN 978-3-7528-4497-9

Wenn die Liebeshormone glücklich tanzen

Sie schlief tief. Ihr hübsches Gesicht war entspannt, ihre Lippen sahen so aus, als lächelte sie. Sie träumte, sie betrachtete ihre Chakren liebevoll und spürte, wie zufrieden und ruhig ihre innere Mitte war. Sie sah, wie ihr weibliches Zentrum sich in einen Garten verwandelte; das Blumenland war klein und schön, viele zarte blühende Pflanzen schmückten ihren Gebärmuttergarten, aus diesen wunderschönen, zarten Blüten breiteten sich erfreuliche Düfte aus. Ein langes, weißes Kleid hatte sie an, ihre schönen, glatten Haare trug sie offen, barfuß, mit kleinen Schritten wanderte sie auf dem empfindlichen Pflanzengebiet, vorsichtig, als hätte sie Angst, die zarten Wiesenblumen zu zertreten. Sie legte sich neben einen Bach, die Blumen, das reißende klare Wasser, die berauschenden Düfte machten ihren Sexualpalast zauberhaft schön. Ihr war dort sehr angenehm, in ihrem Inneren war es sehr warm, von ihrem Blütengarten strömte in alle ihre sieben Drüsen die angenehme und beruhigende Luft des fruchtbaren Bodens. Sie fühlte sich geborgen, es sah so aus, als warte sie auf etwas Bestimmtes und sie war fest überzeugt, dass es kommen würde, bald, sehr bald.

Der Schrei des Nachbarn, der nach seinem Hund suchte, weckte sie auf. Ihre großen, schönen Augen waren geschwollen. Gestern war sie nach langem Weinen eingeschlafen. Sie litt in letzter Zeit sehr. Sie wollte nicht aufstehen. Sie wollte einfach weiterschlafen, weil sie ihr ununterbrochenes Leid nur im Schlafen vergessen konnte.

Der Nachbar rief nach dem Hund. Er schrie mit einer hohen, unangenehmen Stimme. »Jeka, Jeka«, rief er den Namen des Hundes durch die ganze Straße. Sie konnte nicht mehr weiterschlafen, die verzweifelte Stimme des Nachbarn drängte in ihre Ohren, ihr Kopf tat sehr weh, ihre Nerven waren am Ende.

Sie stand auf und ging ins Bad; das Erste, was sie nach dem Aufstehen machte, war, dass sie ihr Gesicht im Spiegel lange betrachtete. Was war mit ihren glänzenden Augen passiert? Wie selten lachte sie in der letzten Zeit. Wie traurig sah ihr Gesicht aus, das vor paar Monaten so sehr ihr Glück ausstrahlte. Nach ihrem morgendlichen Ritual war sie schon sehr erschöpft, trotzdem versuchte sie sich ihr schönes Kleid anzuziehen.

»Jeka, Jeka«, hörte sie wieder die schreckliche Stimme des Nachbarn. Wie sehr liebte sie ihren ganzen Körper; sie lag im Bett oft ganz nackt und betrachtete liebevoll ihren weißen, strahlenden Körper. Sie strich sanft ihre Hände und küsste sie zart, gefühlvoll. Mit kreisenden, sanften Bewegungen massierte sie täglich ihren schönen Busen.

»Was ist eigentlich mit dem Nachbarn?«, dachte sie. »Seine Stimme ist nicht mehr zu hören.« Sie ging zum Fenster, frische Luft strömte aus dem Garten ins Zimmer. Der Duft von Fliederblüten betäubte ihre Nase, sie atmete tief ein und schloss die Augen, Tränen des Schmerzes liefen ihr über die Wangen. Sie öffnete die Augen und sah in der Straße den Nachbarn mit dem Hund an der Leine. Der

Hund lief immer wieder weg, der arme Mann suchte fast täglich nach ihm.

Sie hatte ihr Lieblingskleid an, sie machte die Tür hinter sich zu und fuhr in die Stadt. Sehr unruhig beobachtete sie unterwegs die Menschen. Sie ging planlos, ohne jedes Ziel, aber sie ging weiter. Der Tag war herrlich, angenehm warm, die Innenstadt war voll. Sie ging alleine, traurig, langsam. Heute wollte sie allein sein, nicht mal die Freunde sehen, die ihr bei diesem Unglück so sehr halfen. Sie wollte auch nicht in die 2H-WG gehen, wo ihre deutsche »Familie« lebte. Bei Hanna und Helena hatte sie immer das Gefühl, zu Hause zu sein. Stundenlang lag sie bei Hanna im Bett, sie weinte, brüllte ununterbrochen, Hanna und Helena wussten nicht mehr, wie sie ihr helfen konnten. Dort gingen immer die Freunde, die Bekannten ein und aus, und sie alle versuchten ihr beizustehen.

Es wurde dunkel, die Tränen standen ihr in den Augen. Der Schrei der inneren Stimme tobte bis zum Hals und suchte einen Ausweg. Sie wusste, es ging los; ihre Seele brauchte einen freien Platz, der Schmerz musste raus, der gut bekannte Schmerz. Es war mehr als ein halbes Jahr her, seitdem sie ununterbrochen litt, das Schicksal traf sie zu hart. Sie konnte nicht mehr die Tränen zurückhalten. Sie ging in den Hofgarten, dort war es menschenleer; sie setzte sich ganz schwach auf eine Bank, die Stimme suchte ihre Befreiung und sie brüllte, sie brüllte und war verzweifelt, ob sie es schaffen würde, ob sie es überleben würde. Sie war sehr erschöpft, sehr schwach, so schwach war sie noch nie im Leben gewesen; das Leid, das schwere Leid war für sie zu groß.

Sie ging mit ihrem schönen Gang, ihre weibliche Figur bewegte sich harmonisch und zeigte den starken Drang nach Veränderung; tausende Gedanken gingen ihr durch den Kopf. Sie wollte heute Abend eine Frau werden, endlich ihre Jungfräulichkeit loswerden, die sie seit den letzten Monaten so sehr hasste.

Obwohl sie auf einer Jagd war, war sie keine Jägerin. Sie ging graziös, sie kannte ihre Stärke, ihr bildhübsches Gesicht, ihre Weiblichkeit zog die Männer sehr schnell an, sie brauchte für heute Abend nur einen Mann auswählen, den Mann, der ihr dabei helfen konnte. Sie vertraute ihrem Körper, ihrer Intuition, seit Jahren hatte sie mit ihrem Inneren eine enge Freundschaft geschlossen.

»Hallo Süße!«, hörte sie eine männliche Stimme, die angenehm klang, sie sah ihn an. Er lächelte nett, mit seinen schwarzen Augen blieb er an ihrem Gesicht hängen; sie wußte, sie brauchte nur einmal zurück lächeln. Plötzlich sah sie die Bilder wie auf einer Leinwand vor sich, die Bilder ihres 26-jährigen Lebens, die schwarz-weißen, die bunten Bilder wechselten rasch nacheinander und tauchten immer wieder ein, als machten sie einen endlosen Kreis. »Alles okay bei dir?«, holte die männliche Stimme sie in die Realität zurück. »Wo bin ich eigentlich?«, fragte sie sich. Das Deutsche Theater erkannte sie, sie lief vom Hofgarten bis zum Theater zu Fuß, ohne es wahrzunehmen. »Ja, bei mir ist alles in Ordnung, danke«, antwortete sie und zeigte ihm ihr hübsches Lächeln. »Darf ich mit dir spazieren gehen?« Sie nickte mit dem Kopf und erlaubte ihm mitzulaufen. Das Bild, ein einziges Bild blieb ihr vor den Augen, das bunte Bild ihrer Heimat, als wollte es ein Zeuge dieser leidenschaftlichen Nacht sein.

Am Mittag fuhr sie zu ihm. Die Sonne schickte großzügig ihre goldenen Strahlen zur Erde. Seine Praxis war an einem ruhigen Ort. Ein junger Mann machte ihr die Tür auf. Max, so hieß der Masseur, der mit seiner Massagekunst in der Stadt sehr berühmt war. Sie brauchte seine Hilfe, um ihre Sexualität auszuleben. Sie war unberührt, unschuldig und hatte Angst, mit einem Mann zu schlafen. »Maria, womit hättest du angefangen, wenn du an meiner Stelle wärest?«, fragte Max sie nach dem Gespräch. Das Gespräch lief gut, Maria öffnete sich, sie merkte, wie sehr Max von ihrer Geschichte berührt war, er wollte sie verstehen und sich in ihre Lage hineinversetzen. Max war nachdenklich, Maria nutzte die Gelegenheit und schaute im Zimmer herum. Da hatten alle Sachen ihren Platz: Eine große Palme stand auf dem Boden, neben ihr, auf dem Fensterbrett blühten zwei große Orchideen; die lila-gelben Blüten der Orchideen machten die Äste sehr schwer, sie hingen bis zum Boden. Der leichte Wind, der aus der offenen Tür ins Zimmer floss, ließ die Blumen zu einer sanften Melodie, die im Raum spielte, tanzen. Aus einer Ecke lachte eine Buddhastatue, die kein asketisches Leben von Siddhartha Gautama zeigte, sondern die Lebensfreude eines reichen und sorglosen Prinzen. An der weißen Wand hing ein Bild des Yin und Yang-Zeichens. Maria schaute in den Garten. Neben der langen Bank stand ein kleiner Gartentisch. Die Obstbäume, die Hecke, die kleinen, niedrigen Büsche – alles war mit grüner Farbe bedeckt, die Luft war rein und frisch. Maria atmete tief ein und aus, sie war nervös; es fiel ihr nicht leicht, sich zum ersten Mal vor einem Mann nackt zu zeigen.

Vor Kurzem hatte sie in Paris ihren 23. Geburtstag gefeiert. Genau kurz vor Zwölf stand sie vor dem Eifelturm, sie wollte sich an diesem besonderen Tag unbedingt von ihm zu ihrem Geburtstag gratulieren lassen. Bald leuchtete der Turm und wünschte ihr viel Glück in der Liebe. »Maria, wollen wir anfangen?«, fragte Max sie. Er hatte das Massagebett bereits gerichtet. Ein frisches, weißes Tuch bedeckte das Bett, auf einem Stuhl neben dem Bett stand eine Flasche mit dem Mandelöl, in das Max ein paar Tropfen ätherisches Rosenöl mischte, über dem Stuhl hing ein zweites Tuch. »Ja, wir können anfangen«, antwortete Maria auf Max' Frage. Sie wurde innerlich immer nervöser, sie hörte ihren Herzschlag. Im Zimmer herrschte die angenehme Ruhe. Max ging zu Maria und berührte vorsichtig ihre Hand. Er stand schon vor ihr, Maria fing an zu zittern. Max drehte seine männlich geprägten Hände und sagte zu ihr: »Maria, lege deine Hände auf meine Hände!«. Sie legte ihre zitternden Hände auf Max' ruhige und warme Hände, ihre Spannung nahm nicht ab. Sie blieben eine Weile so, ohne jedes Wort, Max' warme Hände zeigten bei Maria die Wirkung, ihre Hände hörten mit dem Zittern auf, Max konnte ihr Vertrauen gewinnen. »Maria, setz dich auf das Bett!«, sagte er. Maria tat, was er ihr sagte. Sie holte Luft, setzte sich aufs Bett und blieb ganz still. Max stand hinter ihrem Rücken, mit seinen warmen Händen berührte er ihren Nacken, ihren Rücken, ihre Arme, er spürte, dass Maria sehr unruhig war. »Hab' keine Angst, ich werde dir nichts antun«, sagte er ihr mit flüsternder Stimme. Sie hatte keine Angst, es war mehr eine Scham vor ihm. Er strich ihre Haare, ihre Hände weiter. »Maria, jetzt werde ich rausgehen, du kannst dich in Ruhe alleine ausziehen, deinen Körper mit diesem Tuch bedecken.« Er gab ihr das Tuch, das über dem Stuhl hing. »Und wenn du fertig bist, sag' es mir, ich warte vor der Tür.« Er verließ das Zimmer.

Maria brauchte Zeit, um sich zu beruhigen. Sie atmete tief, atmete langsam ein und aus, dann stand sie auf, zog ihr schönes, grünes Kleid aus und hing es über den Stuhl. Ihren schwarzen BH machte sie mit einer feinen Fingerbewegung auf, nacheinander legte sie ihn und den Slip neben das Kleid, zärtlich berührte sie ihren Busen, ihre Füße befreite sie von den Ballerinas und ging barfuß zum Massagebett mit ihrem weiblichen Gang, der ihre Beine und ihre frisch rot lackierten Fußnägel noch stärker und schöner betonte. Sie legte sich auf das Bett, machte es sich bequem, bedeckte ihre weiblichen Rundungen mit dem Tuch und rief Max, hereinzukommen.

Als Max das Zimmer betrat, hatte Maria ihre Augen schon zu, ihre Nervosität nahm wieder zu, die hatte keine Ende. Maria versuchte sich zu beherrschen und sich zu beruhigen. Max ging zum Bett, er stand hinter ihrem Kopf. Ihre langen, schönen Haare hatte sie offen, sie hingen über das Bett wie ein Wasserfall, ihre Augen hatte sie noch geschlossen. Sie biss auf ihre vollen, süßen Lippen, als Max ihr Gesicht berührte; das Gesicht war für Maria viel intimer als ihre Sexualorgane, deshalb erlaubte sie ihm nicht, ihr Gesicht weiter zu streicheln. Max hörte sofort auf, er war unsicher, ob es klappen würde. Er ging zu Marias Füßen und berührte sehr vorsichtig ihre Zehen. Mit langem Streicheln massierte er ihre Füße, er zog langsam und langsam das Tuch zu sich. Maria war sehr angespannt, sie biss an ihren Lippen, als sie spürte, dass Max ihren Busen sah. Ihre Nervosität stieg, als er mit einer geschickten Handbewegung ihren schönen Körper vom Tuch befreite. Sie drückte ihre Augen noch fester zu und merkte, wie die Tränen ihre kleinen Ohren ganz nass machten.

Sie erinnerte sich an ihren zweiten Tag in Paris. Sie stand vor der Glaspyramide im Innenhof des Louvre und dachte an Mona Lisas wirkungsvolles Gesicht, das sie vor Kurzem eine ganze Stunde betrachtet hatte. Sie dachte an das Gespräch zwischen zwei gefühlvollen Frauen, Gioconda antwortete auf alle ihre Fragen verständnisvoll und mitfühlend, ihr schöner Mund zeigte ein geheimnisvolles Lächeln und wies ihr den Weg zur weiblichen Sexualität. Eduard, ein französischer Kunststudent, bemerkte Maria vor der Pyramide, er genoss das Gesicht einer Frau-lein, das in ihrem Inneren eine Veränderung zeigte.

Ihre schönen Beine waren angenehm warm. Max strich mit langen, kreisenden, sanften Bewegungen ihre Hände, ihren Bauch, seine Finger berührten sanft und vorsichtig ab und zu ihren Busen. Maria weinte nicht mehr und ihre großen, vielsagenden Augen hatte sie schon offen. Sie war entspannt und atmete ganz ruhig, sie erschrak leicht, als sie eine stark durchblutende Hand auf ihrer Vagina spürte. Max bemühte sich sehr, mehr als zwei Stunden war Maria bei ihm. Das Gespräch, die Massage – er machte alles so professionell und so gefühlvoll.

Maria fuhr nach Hause, sie war erleichtert. Unterwegs kaufte sie eine Orchidee mit lilafarbenen Blüten und stellte sie auf ein kleines Tischlein neben ihr Porträt, das Eduard für sie gemalt und ihr geschenkt hatte. Sie öffnete das Fenster, atmete die frische Luft ein und aus, schaute in die leere Straße und legte sich auf das Bett. Sie schlief bald ein.

Sie war in einem Wald ganz alleine, sie saß auf einem Stein, den die Sonne angenehm erwärmte. Sie war nackt, um sie waren Steine, viele große Steine, die Landschaft hatte für sich eine grüne Decke ausgewählt und hüllte sich ganz gemütlich hinein. Maria betrachtete den Wasserfall, sie atmete tief, ruhig und blickte ins Wasser. Plötzlich bekam das Wasser eine hellblaue Farbe, und statt zu fallen, flogen die Wassertropfen an dem ganzen Ort herum. Sie tanzten, sie erreichten und schneiten auf Maria; sie spürte einen Hormontanz in ihrem Inneren, ihre Geschlechtsorgane waren eine natürliche Bühne, dort tanzten die Hormone mit ihrer hellblauen Farbe. Sie tanzten, lachten und flogen mit dem Ausatmen durch alle sieben Drüsen sehr fröhlich zum Hormonfall. Maria stand auf, sie tanzte sanft, leidenschaftlich, berührte zart ihren Busen, ihre Hüfte, ihre Lippen spürte sie auf der Hand, als sie die leidenschaftlich küsste, mit harmonisch tanzendem Schritt ging sie ins Wasser und tanzte in dem Hormonfall.

»Jeka, Jeka …« Durch die schreckliche Stimme des Nachbarn wurde sie wach. Er schrie durch die ganze Straße, und das wiederholte sich in letzter Zeit täglich. »Jeka, Jeka«, rief er weiter verzweifelt.

Maria betrachtete ihr Bildnis, das vor dem Bett an der Wand hing, sie dachte an den Tag, als sie Eduard traf und dachte an diese schöne gemeinsame Zeit mit ihm. Unterwegs hatte Eduard ihr über die Geschichte seiner Stadt erzählt. Maria nutzte die Gelegenheit und sprach mit ihm Französisch; ihr Französisch war das einer Anfängerin, sie verstanden einander trotzdem gut. Sie liefen über die

Champs Elyseés, dort waren alle Kaffees, Restaurants übervoll. Die beiden redeten und lachten viel miteinander. In der Nacht fuhren sie mit dem Boot über die Seine. Maria fühlte sich neben ihm sehr wohl. Eduards Augen leuchteten, als er sie ansah. Maria scherzte viel, ihr Lachen steckte Eduard an, sie lachten, redeten über Kunst, Eduard berührte ihre schönen Haare, er flüsterte ihr ins Ohr, dass sie so aussehe wie die berühmte Mona Lisa. »Mon Cheri, woran dachtest du eigentlich vor der Pyramide?«, fragte Eduard sie. »An mein Gespräch mit Gioconda«, antwortete sie lachend. Eduard lachte und fragte wieder: »Worüber habt ihr euch denn unterhalten?« »Über die Liebe« antwortete Maria und lächelte süß. »Und, was denkt sie über die Liebe?«, fragte er lachend und berührte ihre Hand. »Sie sagte, dass die Liebe wundervoll ist und lächelte geheimnisvoll«, sagte Maria und zeigte Eduard ihr süßes Lächeln. Eduard spielte mit seinem Finger an ihrer schönen Nase, seine Hand streichelte ihr Gesicht, er traute sich nicht, sie zu küssen. Seine Augen sahen nur ihre Lippen an, nach einer kurzen Weile berührte sein Mund Marias volle Lippen und er küsste sie sehr leidenschaftlich.

»Jeka, Jeka …« Die Stimme des Nachbarn unterbrach ihre schönen Gedanken. »Der arme Nachbar, eigentlich ist er ganz nett«, dachte Maria. Der Nachbar war sehr hilfsbereit, zwei-, dreimal hatte er Maria bei der Reparatur ihres Fahrrads geholfen. Er hatte früher auch nie so geschrien, in letzter Zeit hatte er mit seiner Frau Probleme. Sie ließen sich scheiden, er hatte Umzugsstress, seitdem lief der Hund ständig weg, als wollte er den Umzug verhindern. Maria stand auf, sie ging zum Fenster und sah, wie der Nachbar schreiend die Straße hinauf und hinunter lief.

Sie ging ins Bad und machte die Badewanne mit hei-
ßem Wasser voll, sie goss das Badeöl hinein, zündete die
Kerzen an, schaltete Musik ein und legte sich ins Wasser.
Da dachte sie an den Schwan, den sie am See beobachtet
hatte. Der Schwan war schneeweiß, langsam und graziös
schwamm er im Wasser, plötzlich machte er seine Flügel
breit, hob den Kopf empört hoch und lief wie ein Räuber
nach vorne. Unglaublich war so eine starke Veränderung in
so einer kurzen Zeit. Das Bad war für Maria ein wichtiger
Platz, dort forschte und experimentierte sie mit sich. In
der Badewanne fing sie an, ihren Körper zu verstehen, was
ihm gut tat und worauf er Lust hatte. Der Geranienduft des
Badeöls verbreitete sich rasch in dem ganzen Badezimmer,
sie holte die Zigaretten aus dem Schrank, zündete eine an
und zog den Rauch ganz tief ein. Das warme Wasser, der
angenehme Ölduft, die schöne Musik weckte die Lust auf
eine Berührung, sie fasste ihren Busen zärtlich an, der im
Wasser schwamm und so noch schöner aussah. Ihr Telefon
klingelte, es war bestimmt eine Freundin, die sie morgen
treffen wollte. Sie bedeckte mit den Händen ihre Ohren und
tauchte ins Wasser ein.

Maria hatte eine sehr freie Seele. Sie liebte die Gelassenheit, die Schönheit, die Wahrheit, sie war sehr natürlich
und sehr humorvoll. Sie war wie eine Sonne. Wenn sie die
schwarze Wolke, die sie umgab, besiegte, dann erwärmte
sie ihre ganze Umgebung und schenkte ihr Freude. Sie
liebte ihre leidenschaftliche Seele und ihren weiblichen
Körper, sie war sehr wissensdurstig und beschäftigte sich
mit verschiedenen Gebieten gleichzeitig. Ihr Psychologie-
studium lief gut, sie erkannte die Wichtigkeit dieser Wis-

senschaft, über die Psyche sagte sie: »Die Psyche ist wie eine Fremdsprache, die in uns ist, der Mensch muss diese Fremdsprache geduldig lernen und gut beherrschen.« Dazu fügte sie: »Wenn die eigene Psyche dein Feind wird, wird sie dich vernichten, aber wenn sie mit dir befreundet ist, kann sie aus dir den glücklichsten Menschen der Welt machen.«

Sie schrieb ihre Hauptseminararbeit über »die Psyche«. Es war ein schöner Herbsttag, Maria saß zusammen mit Tamara vor der Uni, sie aßen Eis und erzählten einander über die schöne Zeit der Sommerferien. Maria und Tamara sahen einander fast täglich, der Treffpunkt war immer der Brunnen, sie nannten die erste Bank: »unsere Bank«, »komm', setzen wir uns auf unsere Bank« oder »ich warte auf dich, bin vor der Uni und sitze auf unserer Bank«. Oft blieben die zwei bis zur Abfahrt der letzten U-Bahn auf ihrer Bank sitzen, sie redeten, lachten und beobachteten die Menschen. Maria liebte diesen Stadtteil sehr, sie nannte ihn »Akademikerviertel«.

Tamara war kurz vom Urlaub zurück, sie erzählte ihr über die abenteuerliche Zeit und über ein zufälliges Treffen mit einem Mann, der sich vor vielen Jahren in sie verliebt hatte und den sie seit Langem nicht mehr gesehen hat; der Mann hatte eine Familie, aber er suchte sein privates Glück weiter, im Flughafen wartete er auf einen Freund, als er plötzlich eine aus der Ausgangstür kommende junge Frau bemerkte, die ähnlich wie Tamara aussah. »Tamara, bist du es?«, rief der Mann sie; Tamara folgte der bekannten männlichen Stimme und drehte ihren Kopf nach rechts, wo der Mann ihr zulachte. »Georg«, schrie Tamara vor Freude, »was für eine schöne Überraschung!« Sie umarmten sich fest und lachten laut vor Aufregung. »Wolltest du mich abholen?«, fragte Tamara scherzend; sie hatten miteinander keinen Kontakt mehr, ihre Wege hatten sich schon lange getrennt. »Ja!« Er lachte und fuhr fort: »Ein Freund arbeitet hier, seine Arbeit endet in einer Viertelstunde, wir wollten zum See fahren.« »Also, das heißt, du wolltest mich sehen«, sagte Tamara, sie lachte und zeigte ihre schönen Zähne. »Ja, es scheint so, wahrscheinlich deshalb bin ich hier früher hergekommen, damit ich dich treffen konnte«, sagte er nachdenklich und schaute ihr in die Augen. »Holt dich niemand ab?«, fragte Georg, »Nein, niemand freut sich auf mich«, sagte Tamara und zeigte ein weinendes Gesicht, dann lachte sie wieder und sagte: »Ich wußte bis gestern nicht, ob ich diese Ferien in der Heimat verbringe.«»Wann warst du das letzte Mal hier?«, fragte Georg, »Vor drei Jahren«, antwortete sie; Georg war erstaunt, er hob seine Augenbrauen und fragte sie lachend: »Hat dich jemand im Traum bedroht oder wieso bist du hier?« »Ja, ich hatte einen Albtraum, mein verstorbener Urgroßvater drohte mir mit seinem großen Finger«, sagte sie und lachte. »Morgen heiratet meine Cousine, bei der Hochzeit habe ich die Möglichkeit, alle meine zweihundert Verwandten wiederzusehen.« Sie lachte und sprach weiter: »Ich wollte diese Chance unbedingt nutzen.« »Womit fährst du jetzt zur Hochzeit?«, fragte Georg. »Ich dachte mit dem Zug, oder du fährst mich dorthin«, sagte sie und lachte Georg zu. »Wieso nicht, wir wollten sowieso für ein paar Tage am See bleiben«, sagte er und schaute den Freund an, der lachend auf sie zukam. Der Freund kannte Tamara, sie studierten an der gleichen Uni. »Tamara, es ist so schön, dich wieder zu sehen«, sagte er und umarmte sie. »Wir haben keine Zeit zu verlieren, wir müssen los, die Fahrt dauert sowieso sechs Stunden«, unterbrach Georg. »Hihi, was sagst du, bis zum See brauchen wir nicht mal eine Stunde«, sagte Luka. »Wir fahren nach Westen, Tamaras Cousine heiratet morgen, bist du dabei?«, fragte Georg ihn. »Eine Hochzeit im Westen! Natürlich bin ich dabei!«, sagte Luka. Sie verließen zusammen fröhlich und lachend den Flughafen. Vom Flughafen fuhren sie in die Innenstadt, Tamara wollte die schöne Heimatstadt ihres Landes anschauen, wo sie seit drei Jahren nicht mehr gewesen war. In dieser Stadt hatte sie die schöne Zeit ihres Studiums verbracht. Sie fuhren an der Uni vorbei, sie sah die alte Kirche, die Brücke, die die zwei ältesten Stadtteile miteinander verband. Georg fuhr zur neuen Kathedrale, die vor Kurzem fertig gebaut worden war. Er hielt das Auto an. Sie stiegen aus dem Wagen aus und liefen zu Fuß auf den Berg, von wo aus man die ganze Stadt überblicken konnte. Sie betrachteten die Stadt und genossen den Ausblick. Tamara und Georg schauten einander an und sie dachten beide gleichzeitig an die Nacht, die sie auf diesem Berg verbracht hatten. Damals waren sie sehr jung, Tamara tanzte in einer Ballettschule. Georg hatte keine feine Seele, er war grob und einfach, das Ballett war für ihn ein Tanz nur für Frauen, er lachte über die Männer, die Ballett tanzten. »Ein Mann, der mit einer weißen Strumpfhose tanzt, ist kein Mann«, sagte er. Auf dem Berg tanzte Tamara Ballet, Georg betrachtete sie sehr liebevoll, sein Gesicht wurde feiner, er saß auf der Erde, Tamara ging tanzend zu ihm, sie berührte seine Hand zart, hob sie hoch und tanzte um Georg herum, seine Hand bewegte sich harmonisch, dann stand er auf, fasste mit beiden Händen Tamaras Lenden und hob sie hoch. Tamara streckte mit einer schönen Bewegung die rechte Hand nach vorne, die linke

Hand nach hinten und hob ihren Kopf graziös hoch. »Da hast du aber gut mitgetanzt, Georg«, sagte sie und lachte Georg zu. »Leider hatte ich für dich keine weiße Strumpfhose dabei«, sagte sie weiter lachend. Georg berührte ihre Finger und sie liefen zum Auto.

Maria war in der Bibliothek. Die Bibliothek hatte wenig Leseplätze, sie hatte einen langen Flur. Rechts und links des Flures standen die unendlich langen Bücheregale, die irgendwie einen Kreis bildeten, aber nach und nach sich wieder öffneten; die Regale waren gefüllt mit alten und neuen Büchern. Sie betrachtete neugierig die beiden Seiten des Flurs. An einem Regal blieb sie stehen. Sie blätterte gerade in Freuds »Psychoanalyse«, als sie spürte, wie ein junger Mann sie gierig betrachtete. Sie hatte ein rotes Kleid an, das ihren schöne Busen richtig betonte, ihre gesunden, glatten Haare trug sie offen. Sie sah bezaubernd aus, eine selbstbewusste junge Frau, die ihre Weiblichkeit so sehr liebte und sie gerne zeigte. Der junge Mann konnte gar nicht mehr weiterarbeiten, er starrte sie genussvoll an. Maria ging durch den Flur in seine Richtung und sprach ihn an: »Wissen Sie, ob man die Bücher nach Hause mitnehmen kann?«, fragte sie ihn. Als er ihre Stimme hörte, lachte er nett, nach einer kurzen Weile antwortete er ihr: »Nein, ich weiß es nicht« und lachte wieder.

Maria ging weiter, bei der Info erfuhr sie, dass sie mit den Bücher nur in der Bibliothek arbeiten durfte. Sie wollte zum Tisch laufen, an der Treppe stand der junge Mann und wartete auf sie. Maria wollte an der Treppe vorbeigehen, als er sie schnell fragte: »Hast du alles gefunden, was du suchtest?« Maria antwortete ihm mit ihrem süßem Lächeln:

»Ja, und jetzt werde die passende Bücher suchen« und ging weiter. Sie suchte die verschiedenen Autoren und schrieb die Signaturen der Bücher auf. Sie spürte, dass jemand sie beobachtete und schaute nach oben. Der junge Mann saß dort. Das Kinn auf die Hand stützend, beobachtete er sie und lächelte, als sie ihn ansah. Sie lächelte ihn zurück und suchte weiter die Bücher. Der junge Mann blieb genau so wie vorher, er bewegte sich kaum, schaute herunter zu ihr, betrachtete sie neugierig und hungrig. Obwohl Maria die Aufmerksamkeit der Männer nicht fremd war, war dort alles für sie anders, irgendwie angenehm. Die Blicke von beiden trafen einander sehr oft. Bei Maria tauchte plötzlich die Geschichte von Romeo und Julia auf. »Wieso eigentlich die zwei?«, fragte sie sich. Ja, Julias Balkon. In Verona war sie so glücklich, sie war mit ein paar Freunden dort gewesen. Sie blieben und verbrachten den ganzen Tag dort. Sie waren auf dem Weg von Rom nach Hause. Maria saß neben David, er fuhr die ganze Zeit das Auto. Hinter ihnen saßen Tamara, Katarina und Paul, eine Woche waren sie unterwegs. David und Maria scherzten und lachten ununterbrochen, die beiden waren irgendwie wie ein Lach-Paar. Maria wollte sich neben Julias Denkmal fotografieren lassen, sie fasste Julias linke Brust an und bat sie um ihre Hilfe in die Liebe. Ob Mann oder Frau, alle wollten Julias Busen anfassen, sie warteten und schauten lustig die Menschen an, die neben Julia posierten. Katarina machte mit ihrer Kamera sehr schöne Fotos, sie drückte im richtigen Moment den Auslöser. Maria posierte neben Julia, sie zeigte Respekt vor ihr; das war die Frau, die ohne den Mann, der sie so sehr geliebt hatte, nicht mehr leben konnte. Irgendwie genauso leidenschaftlich war Julia wie sie selbst. Sie hatte die richtige Pose zum Fotografieren, als David vor ihr auf die Knie fiel, mit einem Palmenblatt in der Hand, und ihr einen Heiratsantrag machte. Er sah so ernst, so verzweifelt aus. Als Maria sein Gesicht sah, musste sie sich fast totlachen. Sie konnte ihr Lachen nicht mehr unterdrücken, sie lachte und lachte immer weiter. David blieb ernst, die Leute, die in der Warteschlange standen, lachten mit. David gab nicht auf, er wartete auf ihre Antwort, und die Antwort war ein Lachen, weil die beiden ganz genau wussten, dass es nur eine »Verona-Szene« war.

Hinter sich hörte sie Schritte, jemand berührte ihren Arm zärtlich. Sie drehte ihren Kopf und sah den jungen Mann vom Balkon. Er stand neben ihr und lachte. Mit seiner Hand stützte er sich auf den Tisch, an dem Maria saß, und schaute ins Heft, wo sie mit einer schönen Schrift die Namen und die Signaturen der Bücher fein ordentlich notierte. Sie redeten miteinander über das Studium. Er war von Marias purer Weiblichkeit sehr gereizt, er war sehr nervös und biss sich ständig auf die Lippen. Maria war ruhig, in ihr gab es keine Veränderung, sie fand ihn nur sympathisch und das Gespräch mit ihm war einfach angenehm. Als er die in seinem Körper sich ausbreitende Sexualenergie nicht mehr kontrollieren konnte, sagte er zu Maria: »Weißt du«, er machte eine kurze Pause, biss sich noch einmal auf die Lippen und sprach weiter, »ich habe Lust, dich zu küssen.« Er stand vor Maria und wartete auf ihre Antwort. Maria senkte ihren hübschen Kopf, dann schaute sie ihn mit ihren vielsagenden Augen an und sagte ihm leise: »So schnell geht es bei mir nicht.« »Ich weiß, ich weiß«, erwiderte der junge Mann und verschwand zwischen den Bücheregalen.

Eduard malte seit zwei Jahren nicht mehr, täglich ging er zum Louvre und beobachtete die Menschen. Er las stundenlang die Gesichter, die das Museum, die schöne Stadt bewunderten. Er suchte etwas Besonderes, etwas Tiefsinniges, Geheimnisvolles. Seinen Glückstag nannte er den Tag, an dem er Maria kennenlernte.

Sie fuhren mit dem Boot auf der Seine, Eduard betrachtete sie lange, intensiv. Er wollte ihr bildhübsches und interessantes Gesicht für immer in seinem Gedächtnis speichern, für ihn war Maria wie eine Muse, die ihm keine Ruhe mehr gab. Seine Richtung war die Porträtmalerei, er malte die Menschen, die ihn mit ihrer Natürlichkeit fesselten. Vom Boot aus betrachteten sie den Eifelturm, der hell leuchtete und die beiden begrüßte. »Maria, ich würde gerne dein Bildnis malen. Erlaubst du mir das?«, fragte er sie. Eduard war in seine künstlerische Welt versunken, er malte Marias Bildnis in seinen Gedanken schon längst. Er berührte ihr Gesicht, schaute ihr in die Augen und sagte zu ihr: »Ich werde mich immer an deine Augen erinnern, die sind so interessant und so schön.« »Mon Cheri, darf ich dich malen?«, fragte er sie nochmal. Maria lachte mit ihrem süßen Lächeln und nickte mit dem Kopf als Zeichen ihrer Zustimmung. Noch sieben Stunden konnten sie zusammen sein, Maria flog morgen Früh zurück. Sie waren sich vor wenigen Stunden erst begegnet und beide hatten das Gefühl, als kennten sie einander eine Ewigkeit. Sie spürten schon, dass sie eine schöne, gemeinsame Zeit vor sich hatten.

Eduard besuchte Maria im Sommer und blieb die ganzen drei Monaten bei ihr. Er beobachtete sie ständig, machte Skizzen in sein Heft. Maria fand das sehr angenehm, sie genoss es und unterstützte ihn dabei. Sie wußte, Eduard wollte das Porträt seines Lebens malen. Beim Essen saß Eduard vor ihr, er beobachtete, wie sie aß, er genoss die schönen Bewegungen ihrer Lippen, er wischte mit seiner Hand ganz sanft ihren Mund, seine Hand blieb oft an Marias Lippen hängen. Maria wußte, was für Eduards Künstlererregung nötig war, sie war eine Frau, die die Macht der Weiblichkeit sehr gut kannte. Als Eduard seine Hand auf ihrem Mund hatte, öffnete Maria ganz langsam ihre vollen Lippen und küsste seine Hand gefühlvoll. Sie waren die meisten Zeit zu Hause, sie war ein lebendiges Bildnis, das Eduard täglich ganz vorsichtig auf das Papier übertragen wollte.

Marias Wohnzimmer gestaltete Eduard wie ein Atelier, das Zimmer räumte er fast leer, ein Sofa stand noch an der Wand neben dem Fenster, auf dem Maria oft lag. Die Vorhänge hängte er ab, in der Mitte des Zimmers stand sein Arbeitstisch. Die Wände des Zimmers strichen sie weiß. Aus dem großen Fenster strömte das Tageslicht ins Zimmer. Die Glastür zum Garten stand immer offen.

Maria trug zu Hause ein langes, weißes, ganz dünnes Kleid. Das Kleid machte ihre weibliche Figur sehr sichtbar, ihren vollen, schönen Busen versteckte sie in einem weißen BH und trug den passenden Slip dazu. Sie war ganz offen zu Eduard, sie vertraute ihm sehr, sie redete und scherzte ständig mit ihm. Sie genoss die Tage, als Eduard bei ihr wohnte. Sie war ein feinfühliger Mensch, fröhlich und sehr humorvoll, sie lachte sehr ansteckend und gab Eduard keine Gelegenheit zur Langeweile. Eduard war von ihr fasziniert, er betrachtete mit strahlenden Augen, wie Maria vor ihm ihre pure Weiblichkeit auslebte.

»Mon Cheri, weißt du eigentlich, dass du unter Narzissmus leidest?«, fragte Eduard sie lachend, als sie vor ihm auf einem Sessel saß und ihr bildhübsches Gesicht in dem Spiegel mit liebevollen Augen betrachtete. Maria lächelte auf Eduards Frage. »Liebes, ich habe das schon oft gehört, aber weißt du, was am schönsten ist? Ich leide gar nicht darunter, sondern genieße es voll!«, antwortete sie und lachte mit ihrem kindlich süßen Lächeln. Eduard war wie verrückt nach ihr. Er sagte ihr oft, wie glücklich er bei ihr war. Maria erlaubte ihm sehr viel, Eduard war für sie wie ein zweites Ich geworden. Er war nicht nur ein französischer Maler, der ihr Porträt malte, sondern ein Teil ihrer wunderbaren Seele. Als Maria schlief, saß Eduard auf einem Sessel. Der Sessel stand neben ihrem Bett, er saß dort und betrachtete sie so lange, wie sie nicht einschlief, meistens blieb er noch dort sitzen und beobachtete genussvoll ihr im Schlafen entspanntes süßes Gesicht. Ganz still blieb er und hörte ihren ruhigen Atem. Einmal, als Maria aufwachte, bemerkte sie Eduard, wie er im Sessel sitzend mit seinen Künstleraugen die vom Schlafen erwachte Muse seiner Kunst betrachtete. Als Maria sich duschte, saß Eduard im Bad auf einem Hocker und genoss es, wie eine gefühlvolle Frau ihren Körper sanft streichelte, wie sie ganz sanft ihren Busen berührte und mit ihm redete, wie sie ihre lange Haare wusch, wie sie sich vorsichtig ihre schönen Beine, ihre Achseln, ihre Schamhaare rasierte.

Für Maria waren ihr Leben, ihr Körper, ihre Seele eine Einheit, sie liebte alles an sich. Diese gesunde Selbstliebe strahlte sie aus, und genau das war der Grund, weshalb Eduard sie so sehr liebte und so sehr brauchte.

»Mon Cheri, du erwärmst mich, du zeigst mir, wie schön

es ist, eine Frau zu sein, woher hast du das alles?«, fragte er sie. »Es ist meine Weiblichkeit, Eduard, meine innere Tiefe, ich bin in mir verwurzelt, ich sehe mein Leben als ein Geschenk. Ich habe eine wunderbare Seele, die ich selbst bewundere, ich habe einen schönen und gesunden Körper bekommen, und ich sehe das als eine Pflicht, meine Seele, meinen Körper zu pflegen und zu reinigen. Wenn ich mich in dem Spiegel betrachte, sage ich mir, Maria, ich möchte alt werden, aber nie alt aussehen. Ich küsse meine langen, schönen Haare und flehe sie an, nicht grau zu werden. Wenn ich aufwache, stehe ich auf, meine Hände lege ich auf den Busen und sage mir, Maria, ich möchte immer ein guter Mensch sein, ich möchte herzlich, süß, nett, lieb, gefühlvoll, fröhlich und glücklich sein. Ich spüre in mir eine große Dankbarkeit, und ich bedanke mich täglich beim Universum für mein Leben«, antwortete sie und lachte süß. Eduard war tief gerührt, vor ihm stand eine junge Frau, die in der Liebe lebte.

Es war spät, es regnete. Eduard stand vor der Staffelei, in der Hand hatte er den Pinsel. Er dachte an Marias Worte, ins Zimmer strömte der Duft von den nassen Fliederblüten. Er rührte mit dem Pinsel in die Farbe, sein Gesicht strahlte Freude aus, er malte wieder. Er malte auf das unberührte Papier die wirkungsvollen und vielsagenden Augen Marias.

Dann ging er auf die Terrasse, atmete die Luft und ging schlafen. Er lief die Treppe hinauf, als er Singen hörte. Maria sang ein sanftes Lied in ihrer Muttersprache, er wollte sie nicht unterbrechen und setzte sich vor der Tür auf den Boden und hörte weiter zu. Es war unglaublich, mit welchen Gefühlen sie das Lied sang, ihre Stimme traf ihn direkt ins Herz. Nach kurzer Zeit wurde es ganz still, er ging ins Schlafzimmer. Maria schlief tief, ihren Vollmund hatte sie ein wenig offen, die lange Haare bedeckten ihr bildhübsches Gesicht halb, sie war nackt. Eduard betrachtete sie und bekam plötzlich Angst, er zweifelte, ob er diese geheimnisvolle, natürliche Schönheit mit seinem Künstlerpinsel würde malen können.

Es war Mittag, die Sonne lachte und schickte ihre gute Laune zur Erde. Eduard wachte auf, er ging zum Fenster und schaute in den Garten. Auf einer Bank auf der mit Flieder umrandeten Terrasse saß Maria am Tisch, auf dem Tisch stand eine weiße Karaffe voll mit Wasser. In der Karaffe hatte sie einen frischen Zweig Pfefferminze, neben der Karaffe standen zwei Gläser und ein Becher mit frischen Erdbeeren. Maria hatte ihre Haare hochgesteckt, das Gesicht versteckte sie vor der Sonne unter einem Sonnenschirm. Sie biss genussvoll auf eine Erdbeere, es sah so aus, als küsste sie sie. Ihre Lippen, ihr Vollmund sah so süß aus wie die reife Erdbeere. Eduard genoss diesen Blick und betrachtete sie lange. Er lief die Treppe hinunter, ging auf die Terrasse und küsste Maria auf die Wange. »Guten Morgen, mon Cheri, hast du gut geschlafen?«, fragte er. Maria lächelte ihn lieb an. »Ja, danke, und du?«, fragte sie. »Du sangst gestern so gefühlvoll, was für ein Lied war es?«, antwortete Eduard auf ihre Frage mit einer Gegenfrage. »Das ist ein Schlaflied aus meiner Heimat«, sagte sie lächelnd. »Das Lied singen die Eltern für ihre kleinen Kinder, wenn sie sie ins Bett bringen. Wenn ich nicht einschlafen kann, singe ich mir oft dieses Lied, umarme und streichele mich sanft, wie eine gute Mutter ihr kleines Baby, und so schlafe ich dann beim Singen ein.«

Eduard war sehr betroffen, Maria erzählte das so tief berührend, dass er auf ihrem Gesicht eine liebe Mama und ihr süßes Kind ineinander verschmelzen sehen konnte.

Maria war bei ihren Großeltern mütterlicherseits aufgewachsen, ihre Eltern starben bei einem Autounfall, als sie zwei Jahre alt war. Sie kannte die beiden nur von Bildern, keine Erinnerung an sie blieb in ihrem Gedächtnis. Das Haus der Großeltern, die für sie wie eine Mutter und wie ein Vater waren, lag auf einem kleinen Hügel, eine Tannenallee führte bis zum Haus. Das Haus umfing ein Bergwald, im Sommer ritt die Familie auf dem Pferd mit Gepäck durch diesen Wald zu einem Bergkurort. Direkt hinter dem Haus floss ein Fluss, in dem Forellen mit kleinen bunten Punkten auf dem Rücken fröhlich schwammen, nach dem Fluss gab es eine kleine Wiese und den Anfang des unendlichen Waldes.

Die Großeltern zogen Maria mit viel Liebe groß, sie fühlte sich bei ihnen geborgen und sicher. Im Kindergarten, in der Schule, an der Universität mochte man sie wegen ihrer feinfühligen und geheimnisvollen Art. Sie war irgendwie immer anders, und das weckte das Interesse der Menschen; sie dachte frei, war sehr offen und ehrlich.

Sie war am Ende ihres Grundstudiums, als sehr unerwartet ihr geliebter Opa an einem Herzinfarkt starb. Maria hatte ihn bewundert. Er war ein großer Bildungsfreund. Sehr ehrenhaft lebte er, sein Wort hatte unglaublich viel Gewicht in der ganzen Gemeinde. Er heiratete jung. Er war zwanzig Jahre alt, als bei seinem Nachbarn eine Cousine zu Gast war, die beiden verliebten sich rasch ineinander, es war die Liebe auf den ersten Blick. In fünf Jahren wollten sie die Goldene Hochzeit feiern. Maria war die Zeugin einer große Liebe, wie zärtlich, respektvoll und leidenschaftlich ihre Großeltern miteinander umgingen, bewunderte sie sehr. Der Tod des Opas war für sie sehr schmerzhaft. Den Verlust des Ehemannes, der ihr so ein wunderschönes Leben geschenkt hatte, konnte die Oma nicht verkraften; für sie war ihr Ehemann ihr ein und alles, er kam in ihr Leben, als sie die Liebe, die Zuneigung so sehr brauchte.

Sie selbst war ein Waisenkind und wuchs bei einer Tante auf. Bei ihrer Geburt starb ihre Mutter. Der Vater starb im Krieg. Nur einmal konnte er seine neugeborene Tochter sehen und spüren, als er im Krankenhaus lag und seine Schwester, die für das Kind das Sorgerecht hatte, ihn im Krankenhaus mit dem Kind zusammen besuchte. Er konnte alle seine Schmerzen vergessen, als er seine kleine Tochter auf seiner Brust spürte.

Nach der Beerdigung des Opas kam die Oma nach Hause, sie ging ins Bett, und seit diesem Tag verließ sie bis zu ihrem Tod ihr Schlafzimmer nicht mehr. Für Maria war die Zeit sehr schwer. Zwei Monate pflegte sie ihre Oma, die für sie wie eine gute Mutter war. Sie schlief neben ihr, tröstete sie und umarmte sie sehr lieb. Sie streichelte zärtlich ihre Haare, die in dieser kurzen Zeit schneeweiß wurden. Maria versuchte ihrer lieben Oma das zurückzugeben, was sie von diesen zwei besonderen Menschen bekommen hatte.

Sie war sehr müde und schlief sehr schnell ein, sie sah einen Traum: Sie ging auf die Wiese hinter dem Haus. Dort sah sie den Opa, seine wirkungsvollen glänzenden Augen strahlten Glück aus. Er hatte einen schwarzen Anzug an und trug darunter ein frisches, weißes Hemd. Maria lachte süß, als sie den Opa in den Schuhe sah, die sie ihm zu seinem 65. Geburtstag geschenkt hatte. Er hatte einen Blumenstrauß in der Hand und blickte mit liebevollen Augen in die Ferne. Maria drehte ihren Kopf und folgte Opas Blick. Am Fluss stand die Oma in einem weißen Kleid. Ein schönes Lächeln hatte sie auf ihrem Gesicht, barfuß, mit einem langsamen Schritt ging sie zu Opa. Ihre Gesichter strahlten Glück aus und zeigten die Wichtigkeit des Zusammenseins. Der Opa gab seiner Liebsten den Rosenstrauß und küsste sie zärtlich. Vor Maria standen die wichtigsten Menschen ihres Lebens, deren erfüllte Liebe den Schmerz, das Leid und den Verlust ihrer Tochter und ihres Schwiegersohns überwinden konnte. Eine kalte Hand spürte Maria auf ihrem Herzen. Sie wachte auf. Die Hand der Oma lag auf ihrer Brust. Die Hand, die ihre liebe Enkelin zum letzten Mal berührte.

Eduard war im Wohnzimmer. Er stand vor Marias Porträt, das er noch nicht ganz fertig hatte. Dem Bild fehlte was, etwas ganz Wichtiges. Er betrachtete lange Marias vielsagende Augen und dachte an etwas. Er lief die Treppe hoch und ging ins Schlafzimmer. Mit einem zartem Kuss weckte er Maria auf. »Guten Morgen, Mon Cheri!«, sagte er zu ihr und streichelte sanft ihr süßes Gesicht. »Wir wollen doch heute auf den Bergen gehen«, sprach er weiter. »Guten Morgen, Liebes, wie spät ist es?«, fragte Maria. »Halb neun«, antwortete er und lachte nett. »Du hast so tief und ruhig geschlafen, dass ich dich nicht wecken wollte«, fügte er hinzu.

Um zehn waren sie schon in einem kleinen Café am Fuß des Bergs. Sie frühstückten dort. Maria trank Kamillentee und aß ein Brötchen mit Butter und Erdbeermarmelade.

Eduard genoss ein französisches Frühstuck mit frischge-
presstem Orangensaft und Buttercroissant. Es war ein herrlicher Tag. Es war nicht heiß, sondern angenehm warm. Die
beiden gingen langsam, Hand in Hand. Eduard streichelte
mit seiner Künstlerhand Marias schöne und warme Hände
gefühlvoll. Er nahm ihre Hand und küsste sie zärtlich. Bald
wollte er abreisen, deshalb genossen sie jede Minute des
Zusammenseins.

»Mon Cheri, du bist seit vier Jahren im Ausland. Was
ist mit dem Haus deiner Großeltern, was hast du damit
gemacht?«, fragte Eduard sie vorsichtig, weil er wusste, dass
Maria die Erinnerung an ihre verstorbenen lieben Menschen immer wieder weh tat. »Ein Freund der Familie hat
ein Waisenhaus gegründet. Er, seine Frau und das ganze
Team haben sich für das Projekt sehr engagiert. Sie gaben
den Kinder Sicherheit, ein warmes Essen und Geborgenheit. Da die Zahl der Kinder leider stieg und sie nicht mehr
genug Platz hatten, suchten sie ein größeres Haus. Nach
dem Tod meiner Oma konnte ich nicht mehr im Haus
wohnen. Ich hatte vor, meine Heimat zu verlassen, und bat
ihn, in das Haus einzuziehen«, sagte Maria und schaute
nachdenklich in die Ferne. Die Tränen machten ihr hübsches, warmes Gesicht gnadenlos nass. Eduard umarmte
sie ganz fest. Er küsste ihre Augen, ihr Gesicht mit einem
sanften Kuss. »Wie viele Kinder betreuen sie und wie alt
sind sie?«, fragte er. »Dreißig Kinder, die Kinder sind sehr
klein, von null bis sechs Jahren. Dann besuchen sie das In-
ternat. Die Kinder brauchen viel Aufmerksamkeit. Die Zeit
bis zur Schule ist für die Menschen sehr wichtig. Diese Zeit
ist wie ein Fundament, worauf das ganze Leben aufgebaut
wird. Das Haus ist groß genug, sie haben aber ein bisschen

umgebaut, weil sie nicht genug Schlafzimmer hatten. Sie schreiben mir oft und schicken mir Fotos, jedes Mal, wenn ich die Bilder anschaue, sehen die Kinder anders aus. Das älteste wird dieses Jahr in die Schule gehen«, sagte sie und lachte Eduard zu. »Vier Jahre war ich nicht dort und ich weiß nicht, ob ich das Haus irgendwann betreten können werde, es scheint mir, als laufe ich vor dem Schmerz weg, der noch in mir lebt.« Sie küsste Eduards Hand ganz zärtlich und lehnte sich an seine breite Schulter.

Es war ein warmer Herbsttag. Der Kinderwagen stand auf dem Dachgarten. Die ineinander geflochtenen Weinstöcke mit gereiften, blauen, süßen Trauben umrandeten den ganzen Dachgarten und schützen das im Kinderwagen ruhig schlafende Kind vor der strahlenden Sonne. Am Tisch saß eine junge Frau. Sie las ein Buch und trank frisch gepressten Traubensaft. Auf dem Tisch stand eine Vase, aus der wunderschöne rote Rosen gutmütig lachten und ihren angenehmen Duft dem Garten schenkten. Vor der Vase lagen die frisch gepflückten Äpfel und Birnen. Die junge Frau stand oft auf. Sie ging zum ruhig schlafenden Kind und betrachtete ihre kleine Tochter mit warmen, mütterlichen Augen. Die Vögel flogen zum Dachgarten, sie zwitscherten und aßen die süßen Trauben, sie flogen zwischen den Blättern hin und her und machten ein leichtes Geräusch. Das Kind erschreckte sich, wachte auf und weinte. Die junge Mutter ging zu ihm, nahm ihre kleine Tochter aus dem Kinderwagen heraus, hielt sie vorsichtig in ihren Armen und küsste sie sanft auf ihren zarten Kopf. Als Maria aufwachte, war sie sehr entspannt, sie spürte die Wärme ihres Herzens stark. Sie dachte an ihren Traum; die junge Frau sah so aus wie ihre Mutter auf dem Foto. Glücklich lachte sie und merkte, dass ihre unbekannte Mama immer bei ihr war. Sie lief die Treppe hinunter ins Wohnzimmer, dort stand Eduard vor der Staffelei. Maria umarmte ihn fröhlich und fragte ihn: »Liebes, würdest du mit mir in meine Heimat fliegen?« Eduard schaute sie neugierig und fragend an, aber er antwortete nicht. Als Maria seine fragenden Augen sah, erklärte sie ihm:

»Eduard, ich glaube, ich bin schon so weit, dass ich die Schwelle meines Hauses betreten kann.« Sie schaute Eduard mit traurigen Augen an und lächelte süß. Eduard umarmte sie ganz fest, schaute ihr in die Augen und sagte: »Mon Cheri, natürlich werde ich mit dir dein Land besuchen. Du weißt, du bist der Sinn meines Lebens!« »Oh, Liebes, ich bin so glücklich, dass ich dich habe«, erwiderte Maria und weinte sich an seiner Brust aus.

Das Flugzeug flog übers Meer. Aus dem Fenster sah Maria, wie weniger weit sie von ihrer Heimat entfernt war. Sie war sehr aufgeregt, ihr Herz schlug ihr bis zum Hals. Pünktlich um einundzwanzig Uhr berührten die Reifen des Flugzeugs die Erde ihres Landes, die Passagiere stiegen aus, sie blieb sitzen und drückte Eduards Hand fest, ganz fest und sie ließ sie nicht mehr los. Das alles berührte Eduard so sehr, dass er nicht mehr wusste, was er sagen konnte. Er stand auf, nahm Marias Hand und ging, Maria folgte ihm einfach.

Mit dem Taxi fuhren sie zu einem nahe liegenden Hotel. Die Straße war schön und breit, sie sahen das Meer, den Strand, auf dem mit Palmen verschönten Boulevard gingen die Menschen spazieren, manche fuhren Fahrrad, in den

Strandcafés, in Restaurants aßen, redeten, lachten die Menschen miteinander. Das Taxi hielt vor einem Hotel, Eduard bezahlte den Fahrer, sie bedankten sich bei ihm und stiegen aus dem Wagen aus. Maria atmete tief und lachte Eduard zu, er umarmte sie und beide gingen ins Hotel hinein.

Das Hotel war klein, gemütlich und sehr sauber. Maria öffnete die Balkontür, sie atmete die frische Luft, die nach Meer roch, ein und aus und genoss die schöne Aussicht aufs Meer. Die ganze Nacht lag sie im Bett wach. Sie dachte an die schmerzhafte Zeit ihres Lebens, an den Verlust ihrer geliebten Menschen, und sie weinte. Sie erinnerte sich an die Groß-Eltern, an die Liebe, an die Geborgenheit, an die Sicherheit, die sie ihr gegeben hatten, sie dachte an die schöne, fröhliche gemeinsame Zeit, die sie mit ihnen erlebt hatte, und sie lachte. Sie betrachtete den neben ihr ruhig schlafenden Eduard, und ihr süßes Gesicht drückte das Gefühl einer großen Dankbarkeit aus.

Vom Hotel fuhren sie mit einem gemieteten Wagen zu Marias Haus. Sie hatten das Radio an, die Lieder sang Maria mit, bei einem Lied erinnerte sie sich an die Hochzeit einer Freundin und lachte. Zehn Freunde fuhren zusammen mit zwei Autos zur Party des Bräutigams. Es gab zwei Hochzeiten, einmal in der Familie der Braut, ihrer Freundin, und nach drei, vier Stunden fuhren das frischverheiratete Ehepaar und die eingeladenen Gäste zum Bräutigam, und sie feierten dort weiter. Unterwegs ging ein Auto kaputt, die Freunde wollten zusammen sein und miteinander feiern, sie setzten sich alle in einen Wagen und fuhren zur Hochzeit des Bräutigams. Im Auto sangen sie dieses Lied, sie lachten, redeten und scherzten viel miteinander, sie waren in der Nähe von dem Haus des Bräutigams, als sie vorne, neben einem Baum, einen gut versteckten Polizeiwagen bemerkten, und so feierten die Freunde die Hochzeitsparty im Polizeipräsidium so lange weiter, wie ihre Eltern sie nicht abholten. Maria erzählte diese Geschichte Eduard, er lachte und wollte ihr etwas sagen, als er Marias Stimme hörte:

»Eduard, halte bitte das Auto kurz hier an!«, schrie sie fröhlich. »Das große Gebäude ist die Schule, gegenüber der Schule ist das Kino«, sagte sie und stieg aus dem Auto. Eduard stieg auch aus und folgte ihr. Sie gingen zur Schule, es war alles so, wie sie es kannte, nur die Fassade der Schule hatte eine neue Farbe, es waren Ferien und die Schule hatte zu. Sie liefen um die Schule herum und gingen in den Schulgarten, wo viele Apfel- und Birnbäume standen, sie pflückte zwei große, reife, gelbe Birnen. »Riech΄ mal, wie es duftet!«, sagte sie und gab ihm eine Birne. Sie biss genussvoll in die Birne. »Sie ist sehr aromatisch und schmeckt auch gut«, sagte Eduard mit vollem Mund. »In jeder lange Pause sind wir, ich und meine Schulfreunde, in den Garten gegangen, wir pflückten die Birnen, saßen auf der Erde und warteten auf die Jungs, die das frisch gebackene Brot vom Bäcker, der sich auf diese Pause immer so sehr freute, und die Limonade von einem Lebensmittelgeschäft holten«, sagte sie lachend. Eduard lachte nett und fragte sie:

»Und welcher Baum war dein Lieblingsbaum und wo war dein Lieblingsplatz?«

Maria lachte süß und antwortete: »Hier teilten wir alles miteinander, es gab keinen Lieblingsbaum, keinen Lieblingsplatz.« Ihr Gesicht wurde traurig, sie dachte kurz an etwas, lehnte sich an Eduards breite Brust und murmelte:

»Von hier brauchen wir nur fünf Minuten bis zu meinem Haus.« Auf sie wartete zu Hause niemand, und das war für sie sehr schmerzhaft. Eduard streichelte sanft ihre lange Haare und drückte sie ganz fest an seine teuere Brust.

Das Auto fuhr in die Tannenallee, sie sah ihr Haus, die Tränen traten ihr in die Augen, sie machte ihre traurigen Augen zu, bedeckte ihren Vollmund mit beiden Händen und fing zu weinen an. Eduard hielt den Wagen vor dem Haustor an, er beugte sich zu Maria und küsste sie auf ihre Stirn. Sie blieben kurz im Auto ganz still, und dann stiegen sie aus. An der Tür sahen sie ein aus Papier gebasteltes Schild, worauf mit großen Buchstaben stand: »Wir sind im Bergkurort«. »Also, sie sind auf den Bergen, ich würde sehr gerne dorthin reiten und sie besuchen, was sagst du dazu?«, fragte sie Eduard. »Keine schlechte Idee, du reitest und ich werde hinter dir mit dem Auto fahren«, sagte Eduard. Maria hob die Augenbrauen und sie wollte ihm etwas sagen. Als Eduard Marias Gesicht sah, lachte er und sagte zu ihr: »Ja, wir reiten dorthin.« Sie gingen in den großen Saal, wo die Familie die Feste feierte und die Gäste empfing; in einer Ecke standen zwei Sessel, zwischen ihnen ein kleiner Tisch, an der Wand hing ein Bild, das den am Stein knienden, betenden Jesus darstellte. Eduard betrachtete das Bild, er merkte, dass es ein von einem Kind gemaltes Bild war, unten, am Rand des Bildes, stand ein Name in Marias Sprache.

»Mon Cheri, hast du es gemalt?« fragte er sie. »Ja«, antwortete Maria und sagte weiter lachend: »Dir zuliebe habe ich damit aufgehört, ich wollte nicht, dass du in meinem Schatten stehst.« Sie lachten und gingen weiter in den Saal, der Saal war kein Ort mehr nur für die Feierlichkeit, sondern ein Esszimmer, in dem die Kinder täglich ein warmes Essen bekamen, die fröhliche Fotos der Kindern, die ihr glückliches Lachen, ihr schönes, wildes Leben, ihre mit Schokolade, mit Süßigkeiten verschmutzten, süßen Gesichter zeigten, bedeckten die Wände des Esszimmers. In der Küche standen neue Küchenmöbel, im Wohnzimmer, in den Schlafzimmern, in den Bädern, in dem ganzen Haus, im Garten lagen Spielzeuge, Teddys, Puppen, kleine Autos, Fahrräder, Bälle herum, überall war ein schönes, lebendiges Leben der Kinder sichtbar.

»Die wohltätige Menschen, ich bewundere Daniel und sein ganzes Team«, sagte Maria und fuhr fort: »Daniel und seine Frau sind seit Jahren glücklich verheiratet, sie lebten sehr wohlhabend. Daniel ist der Besitzer eines großen Hotels, das Hotel ist in der Hauptstadt und gehört zu den besten Hotels des Landes. Sie bekamen keine eigenen Kinder, sie besuchten oft das Waisenhaus und spendeten ihm auch großzügig Geld. Ein kleines Mädchen freute sich besonders auf ihren Besuch, sie gewöhnten sich aneinander, das Verhältnis zwischen ihnen wurde sehr eng, es war wie eine Eltern-Kind-Beziehung, sie adoptierten das Kind. Danach besuchten sie zu dritt die Kinder weiter. Vor sechs Jahren kamen sie auf die Idee und gründeten selber ein Waisenhaus. Ihre Adoptivtochter ist heute 11 Jahre alt.« Eduard hörte zu und sagte. »Die Menschen, die für die anderen immer da sein können, sind wirklich besondere Menschen, ich kann so was nicht.«

Maria führte Eduard durch das ganze Haus, die Veränderung des Hauses war für sie sichtbar. Nur ein einziges Zimmer behielt sein altes Bild, es sah so aus wie vor vier Jahren. Das war Marias Zimmer. Ihr Schlafzimmer blieb unbewohnt, trotzdem sah das ganze Zimmer frisch und sauber aus, man merkte die Mühe der Hausherrin. Das Zimmer war schön und hell mit einem großen, breiten Fenster, am Fenster hingen blaue Gardinen aus einem feinen Stoff, eine blaue Decke bedeckte das prächtige Doppelbett, das neben dem Fenster stand, zwischen dem Fenster und dem Bett stand ein kleiner Nachttisch, auf dem eine weiße Lampe, mit kleinen hellblauen Blumen geschmückt, stand. An der Wand neben der Tür stand ein dreiteiliger Kleiderschrank mit Spiegeltüren, gegenüber dem Bett hing ein Gemälde, das ein Meer und einen mit weißen Wolken halb bedeckten Himmel darstellte.

»Das Bild habe ich von meinen Freunden zu meinem zwanzigsten Geburtstag bekommen«, sagte sie und ging zum Fenster. Sie zog die Gardinen zur Seite, aus dem Fenster sah sie den ruhig fließenden Fluss, viele wilde, bunte Blumen machten die Wiese wunderschön. Eduard ging zu Maria, er legte seinen Arm um ihre Schultern, küsste sie auf ihre schönen Haare und sagte: »Unglaublich, was für ein Ausblick, einfach herrlich!«

Maria drehte ihren Kopf zu ihm und schaute ihn lachend an. »Es ist hier wirklich wunderschön, wie oft habe ich auf dieser Wiese gespielt, die Blumen gepflückt, sie gesammelt und aus ihnen einen bunten Kranz gemacht. Stundenlang habe ich die im Wasser schwimmenden Flussforellen betrachtet und versucht, ihre kleinen bunten Punkte zu zählen. Wie oft bin ich mit dem Opa auf dieser Wiese gelegen, dort hat er mir Singen beigebracht. Wir sangen die fröhlichen Volkslieder und lächelten die Oma an, die mit einem Korb in der Hand lachend zu uns kam. So oft schönes Wetter war, aßen wir auf der Wiese unser Abendessen.

Auf einer bunten Decke deckten wir den Wiesentisch, das frisch gebackene Käsebrot, das Pesto aus frisch gehacktem Koriander, Knoblauch und Walnuss zu einem gekochten Huhn, frische Gurke und Tomate, der rote Hauswein und die Birnenlimonade. Mit lachenden Gesichtern begrüssten wir die Sonne und genossen ihren Untergang.

Es war so eine schöne, gemeinsame Zeit mit ihnen! Wie sehr ich sie vermisse und wie sehr sie mir fehlen!«, sagte sie und versteckte ihr weinendes Gesicht an Eduards breiter Brust. Sie berührte Eduards Hand zärtlich und sagte zu ihm: »Eduard, jetzt ist Traubenzeit, komm, wir gehen auf die Terrasse!« Sie gingen auf den Dachgarten, sie pflückten und aßen die süßen, blauen Trauben und setzten sich an den Tisch. Maria schaute Eduard mit ihren warmen, liebevollen Augen an, er saß auf dem Stuhl, auf dem Marias Mama vor drei Tagen in ihrem Traum gesessen war.

Morgen früh wollten sie zum Bergkurort, sie wollten sich erholen und gingen beide gleichzeitig ins Bett. Durch das offene Fenster strömte die frische, reine Luft des Berges ins Schlafzimmer, auf die zur Luftmusik rhythmisch tanzenden Gardinen malte das Mondlicht viele verschiedene, feine Silhouetten. Eduard gab Maria einen Gutenachtkuss auf die Wange und schlief bald ein.

Die Erinnerungen, ihr in diesem Haus verbrachtes Leben hielten Maria die ganze Nacht wach. Zum ersten Mal seit vier Jahren lag sie wieder in ihrem Bett, seit ein paar Stunden atmete sie die klare Bergluft, die ihre Lungen die ganzen zwanzig Jahre ernährt hatte, und seit kurzer Zeit berührte sie die Erde ihrer Heimat, auf der sie zum ersten Mal vor 23 Jahren gelaufen war. Und sie wusste nicht, ob sie den Schmerz, vor dem sie die ganzen vier Jahre weggelaufen war, an diesem Tag hätte loslassen können, wenn nicht dieser wertvolle Mann in ihr Leben gekommen wäre, der neben ihr lag und ganz ruhig schlief.

Eduard war in einer Künstlerfamilie im Zentrum der Stadt aufgewachsen, der Vater malte, die Mutter war Bühnenschauspielerin, sie waren seit vierundzwanzig Jahren verheiratet. Ihre Liebe hielt nicht lange, die beiden hatten neue Lebenspartner, die Eduard die ganzen 18 Jahre als Freunde seiner Eltern betrachtete, bis er nach einer Aufführung, in der seine Mama die Desdemona spielte, hinter den Kulissen den Freund seiner Eltern sah, der seine Mama leidenschaftlich küsste und mit seiner Hand unter ihrem Kleid etwas suchte. Nur wegen Eduard wohnten sie zusammen und gaben ihm den Eindruck, in einer glücklichen Familie aufzuwachsen. Eigentlich mochten und schätzten sie einander und waren zueinander immer ehrlich. Sie liebten Eduard sehr und wollten nicht, dass er darunter litt. Eduard war für seine Eltern die Frucht ihrer Liebe, die sie einmal zueinander gespürt hatten und die nicht mehr da war. Eduard nannte die Lüge der Eltern »eine gute Lüge« und war sehr dankbar, dass seine Eltern ihn als Kind vor der schmerzhaften Trennung schützten. Natürlich war er von seinen Eltern enttäuscht, als er die Wahrheit hörte, aber er war groß genug und konnte das gemeinsame Doppelleben seiner Eltern verkraften.

Maria küsste Eduards Brust, in der sein teueres Herz schlug, stand leise auf und ging aus dem Zimmer hinaus. Sie lief alleine durch das ganze Haus, sie blieb an dem Platz, an dem Ort stehen, der ihr schöne, glückliche oder auch schmerzhafte Erinnerungen schenkte. Dann lief sie zum Fluss, der Vollmond leuchtete ihr den Weg. Sie ging barfuß ins Wasser und ließ ihre Füße mit dem Wasser spielen. Nach kurzer Weile ging sie aus dem Wasser hinaus, lief auf die Wiese und legte sich auf den Lieblingsplatz ihrer Familie. Sie sang das erste Lied, das der Opa mit seiner fünfjährigen Enkelin zusammen gesungen hatte. Sie hörte die angenehme Stimme ihres Opas und schlief ein.

Sie wachte auf, als sie Eduards Schritte hörte. Es war schon hell, sie betrachtete den Sonnenaufgang und sah den von den Sonnenstrahlen begleiteten, mit seiner ritterlichen Gestalt zu ihr laufenden Eduard lachend an.

Es war kurz vor halb acht, als Maria und Eduard auf dem Weg waren, sie mieteten von Marias Nachbarn die Pferde und ritten zum Bergkurort. Sie ritten in den Wald, entlang des Flusses. Eine wunderschöne, wilde Landschaft öffnete sich vor ihnen, der Fluss wurde breiter und lauter, der Wald noch dichter, im Fluss lagen mit wildem Gras bedeckte breite und schmale, flache Steine, neben dem Fluss liegende große Steine blickten stolz und zeigten ihre unbefleckte weiße Farbe, die Eichhörnchen liefen von Baum zu Baum und suchten ihre Nahrung. Sie ritten und genossen die Schönheit der Natur.

»Fast die Hälfte des Weges haben wir hinter uns, wollen wir hier Pause machen?«, fragte Maria Eduard, er nickte mit dem Kopf, sie zügelten die Pferde und stiegen ab. Sie gingen zum Fluss und machten auf einem Stein Brotzeit. »Mon Cheri, ihr habt bestimmt oft Urlaub im Bergkurort gemacht?« fragte Eduard. »Ja, jedes Jahr sogar. Der Opa hat dort eine Hütte bauen lassen, er liebte die Berge sehr, die

Oma war auch gerne dort, ich fühlte mich im Wald irgendwie frei, wild, und das habe ich sehr gemocht«, sagte sie lachend und fragte Eduard: »Liebes, wo hast du denn Reiten gelernt?« »In einer Reiterschule, ich konnte als Kind leider nicht so wild sein wie du, ich hatte um mein Haus keinen Wald und keine Berge, sondern nur die Häuser«, antwortete er, schaute Maria lachend an, küsste sie und sagte: »Meine wilde Maria!« »Trotzdem reitest du gut,« sagte sie und strich Eduard zärtlich über seine Hand. »Wie ist das Leben hier?«, fragte Eduard. »Hier in den Bergen herrscht die Volksregel, die Menschen sind eigensinnig, wir haben einen ganz normalen staatlichen Kodex, der von Menschen nicht ganz akzeptiert wird. Hier wird jeder geschätzt, hier hilft man einander. Das Wort »Herr« wird hier nicht benutzt, hier sagt man: »Das ist das Kind von unserem Georg« oder »Unser Georg hat dieses Jahr einen guten Wein gemacht«; es ist wie eine große Familie. Hier hat man einen »Bergkopf«. Die Menschen wählen einen Mann aus der Gemeinde, dem sie sehr vertrauen und der »Gemeindekopf« gennant wird. Alle wichtigen Fragen werden mit ihm besprochen und bei der Entscheidung hat er das letzte Wort. Mein Großvater war der »Bergkopf.« Vor zwölf Jahren, nach dem Sterben des früheren »Bergkopfes«, wählte das Volk ihn«, sagte Maria. Sie aß Maisbrot mit Käse, trank das Wasser, zeigte mit dem Finger auf eine Hütte und erzählte weiter: »Siehst du, auf der anderen Seite des Flusses, da steht eine Holzhütte. Ich war damals fünfzehn Jahre alt, als sich dort eine schreckliche Geschichte abgespielt hat. Vier Freunde waren auf der Jagd, plötzlich regnete es so stark, dass sie versuchten, in der Hütte zu übernachten, sie zündeten ein Feuer an und brieten die Beute. Die Hütte gehört zur Gemeinde, dort gab es immer etwas zum Essen und zum Trinken für einen hungrigen Wanderer. Dort wohnte niemand, sie gehörte allen, und jeder fühlte sich verpflichtet, die Hütte zu pflegen, zu renovieren und dort Essen und Getränke zu lassen; alle wussten, von welcher Familie der Wein stammte, der auf dem Regal in verschiedenen Flaschen nebeneinander stand.

Die Jungs waren fast gleichaltrig wie ich, die Freunde aßen ein frisch gebratenes Wildschwein und tranken reichlich von dem Wein, sie wollten sowieso die ganze Nacht dort verbringen. Sie hatten schon viel getrunken, als ein Junge sich an eine Sache erinnerten, die zwischen ihnen vor paar Monaten schief gelaufen war und worüber sie schon geredet und sich miteinander versöhnt hatten. Er wollte, dass sie wieder darüber redeten. Er redete hart mit dem Freund, der angeblich etwas falsch gemacht hatte. Der Freund stand auf und ging, er wollte das Gespräch beenden. Der Junge schrie ihn an und verlangte von ihm, zurückzukommen, der Freund hörte nicht zu und ging weiter. Die zwei Freunde, bei denen der Alkohol noch nicht so sehr wirkte und die noch denken konnten, versuchten den Jungen zu beruhigen und ihn zurück zur Vernunft zu bringen. Er war aber schon so sehr betrunken, dass er nicht merkte, was er tat. Er hörte mit dem Schreien nicht auf, er schrie lauter und befahl dem Freund, stehenzubleiben. Der Freund lief weiter, als der Junge sah, dass er weiterlief, nahm er seine Waffe und schoss in die Luft. Er wollte ihn nur erschrecken und ihn zwingen, das Gespräch weiterzuführen. Als der Freund nicht stehenblieb und nicht zurückkehrte, stand der Junge auf, schrie laut und wollte mit der Waffe erneut in die Luft schiessen, er war betrunken und er konnte die Waffe nicht lange hoch halten. Plötzlich sank der Freund auf die Erde; als die Freunde zu ihm liefen, sahen sie, dass ihr 17-jähriger Freund im eigenen Blut badete; sie waren schockiert, sie brüllten, schrien und versuchten den Freund wiederzubeleben, aber er war leider tot. Der Schuss traf ihn direkt in den Kopf und tötete ihn sofort.«

»Maria, bist du das?«, hörten sie eine männliche Stimme hinter ihren Rücken. Maria drehte ihren Kopf und schrie vor Freude. »Onkel Gabriel, es ist so schön, dich wiederzusehen!« Sie stand auf und lief zu dem Mann, der vor ihr warmherzig lachte. Der Mann hatte schöne, schwarze Augen, die eine unglaublich große Wärme zeigten, er hatte seine Armen ganz offen und umarmte Maria mit einem väterlichen Gefühl.

»Mein Kind, wie sehr haben wir alle dich vermisst«, sagte er und küsste Maria sanft auf ihre Stirn, er gab Eduard seine starke Hand. »Du bist wieder zu Hause und du hast uns nicht besucht?«, fragte er ein bisschen vorwurfsvoll und seine Augen strahlten noch mehr Wärme aus. »Ich bin seit gestern Mittag hier, ich wollte euch alle zu mir einladen, wie in den guten Zeiten, wenn wir vom Bergkurort zurück sind«, sagte Maria. »Also, ihr reitet zum Bergkurort. Daniel ist mit den Kindern seit zwei Wochen dort«, sagte Onkel Gabriel. »Ja, ich weiß, an der Tür stand das Schild, dass sie in den Bergen sind«, sagte Maria. «Weißt du zufällig, wann sie zurückkommen?«, fragte sie Onkel Gabriel. »Ja, am dreizehnten, also in zwei Tagen. Wann kommt ihr denn zurück?«, fragte er Maria. »Wir wollen dort ein paar Tage bleiben, und danach werde ich euch alle zu mir einladen«, sagte sie und lachte mit ihrem süßen Lächeln. »Wie geht es dir im Ausland? Willst du nicht mehr zurückkehren?« fragte Onkel Gabriel. »Es geht mir dort gut. Ich weiß nicht, ob ich hier wohnen kann, ich kann nicht im Haus leben, das alles schmerzt mich noch so sehr«, sagte sie traurig. Onkel Gabriel umarmte sie ganz fest und sagte: »Mein armes Kind, es wird alles gut, irgendwann wirst du deine eigene Familie haben, glücklich sein und den Schmerz besiegen!« Maria lächelte und sagte ihm »Danke.«»Reitet jetzt weiter, es wird bald dunkel,« sagte Onkel Gabriel. Sie verabschiedeten sich voneinander, Maria und Eduard setzten sich auf die Pferde und ritten weiter. Eduard war von diesem zufälligen Treffen tief berührt; obwohl er kein Wort außer »Maria« verstand, sah und spürte er die große Freude des Wiedersehens. Er sah, wie liebevoll die Augen des alten Mannes Maria betrachteten, wie herzlich er sie umarmte und wie traurig auch sein Gesicht wurde, als Maria mit ihren traurigen Augen ihm etwas erzählte.

Onkel Gabriel schaute mit seinen warmen Augen auf die vor ihm reitende Maria, sie trug ihre lange Haare offen, sie saß auf dem Pferd wie eine Göttin und sie bewegte sich wie die auf einer Jagd seiende Diana. Onkel Gabriel seufzte tief und dachte an den Tag, als die ganze Gemeinde den 65. Geburtstag des Gemeindekopfes bei Maria festlich gefeiert hatte; zum letzten Mal waren sie in Marias Geburtshaus gewesen, als sie ihre Heimat todunglücklich verließ.

Maria und Eduard ritten schnell und genossen die wilde Landschaft des Berges; der Bergkurort war nicht mehr fern, sie sahen auf einer großen Bergwiese viele kleine nebeneinander stehende Holzhütten, sie ritten weiter. Neben dieser Bergwiese gab es noch eine andere Wiese, der Fluss trennte die beiden voneinander. »Liebling, meine Hütte steht auf der anderen Bergwiese«, sagte sie zu Eduard und ritt durch den Fluss auf die zweite Bergwiese, sie stieg ab und schaute mit ihrem süßen Lachen auf den zu ihr reitenden Eduard. »Wir sind schon da«, sagte sie und atmete die frische Luft ganz tief ein. Sie banden die Pferde an einer Eiche an und gingen zu Marias Hütte.

Daniel wohnte mit den Kindern in mehreren Holzhäuschen. Sie hatten dort viel zu tun, sie kochten auf dem Feuer, sie wuschen und spülten mit der Hand, sie aßen draußen an einem langen Holztisch alle zusammen, auf beiden Seiten des Tisches standen lange, einfache Holzbänke. Maria sah aus der Ferne den guten Familienfreund, sie fasste Eduard an seiner Hand und sagte fröhlich: »Der Mann, der dort mit den Kindern Fußball spielt, ist Daniel.« »Daniel!«, schrie sie und lachte ihm zu. Daniel traute seinen Augen nicht, als er die zu ihm lachend laufende Maria erblickte. »Maria, meine teuere Maria, was machst du da?«, fragte er sie glücklich. Daniel umarmte Maria ganz fest, er fragte sie rasch nacheinander, ohne auf ihre Antwort zu warten: »Wie geht es dir? Warst du schon zu Hause? Wie lange bist du in der Heimat?«, und er umarmte sie noch fester.

Für Daniel war Maria wie eine Tochter, er kannte sie seit ihrer Geburt, die Familien waren miteinander eng befreundet. Daniel und seine Frau wohnten in der Stadt, wo es im Sommer unerträglich heiß war. Deshalb verbrachten sie jedes Jahr die Sommerferien bei Marias Großeltern, bei jedem Fest waren sie dabei, sie teilten miteinander ihr Glück und ihr Unglück. Sie waren nach dem Tod von Marias Großeltern immer für sie da gewesen, aber die beiden wussten, dass sie nie Marias Familie ersetzen konnten; ihre Groß-Eltern waren so gut, dass sie ihren Platz nicht einnehmen konnten.

Maia, Daniels Frau, ihre Adoptivtochter, die Kinder und die Erwachsenen, die bei ihnen arbeiteten und die Maria kannten, freuten sich über das mit Maria. Nach zwei Tagen reiste Daniel mit seiner großen Familie zurück.

Maria und Eduard blieben noch einen Tag dort. Sie übernachteten in Marias Hütte. Das Holzhäuschen hatte zwei kleine Schlafzimmer, in denen zwei Betten und jeweils ein Stuhl standen, und eine winzig kleine Küche mit alten Töpfen, Geschirr und Besteck.

»Mon Cheri, ich habe das Gefühl, dass ich seit zwei Tagen träume, das alles ist für mich so neu, so fremd und so wunderschön«, sagte Eduard und berührte Marias schönes Gesicht mit seiner Künstlerhand. Maria lehnte sich an seine breite Brust, umarmte ihn ganz fest und sagte ihm flüsternd: »Eduard, mein lieber Eduard, ich bin so glücklich, dass ich dich habe.« Es war schon spät, sie gingen ins Bett, zum ersten Mal, seitdem Maria in ihrem Land war, schlief sie an Eduards teurer Brust sehr schnell ein.

Onkel Gabriel besuchte Daniel, sie wollten Marias Wiedersehen feiern, die ganze Gemeinde freute sich auf sie und half ihm bei der Vorbereitung der Feierlichkeit. Sie schmückten das Haus mit Blumen, sie räumten den Saal auf, der lange Familienfesttisch, mit einer weißen Decke bedeckt, hatte wieder seinen alten Platz. Die Frauen bereiteten die verschiedenen Speisen, die Mädchen backten die Kuchen, auf einem Spieß brieten die Männer Ferkel und Hähnchen, die Kinder pflückten Weintrauben, Äpfel und Birnen. Sie bastelten, malten für Maria und ihren Gast. In dem ganzen Haus war eine festliche Stimmung, es war fast alles so wie früher, nur die Groß-Eltern waren nicht dabei, und das konnte jeder spüren.

Maria und Eduard gingen zum Erdbeerfeld, unterwegs sahen sie ein zerstörtes Haus, das vor paar Jahren einem reichen Mann gehört hatte. »Mon Cheri, weißt du, wer hier wohnte? Kannst du dich an das Haus erinnern?«, fragte er Maria. »Ja, ich kann mich an das Haus erinnern, das war keine Berghütte aus Holz, sondern eine Bergvilla aus Beton. Hier verbrachte eine reiche Familie die Sommerferien. Die Familie hatte zwei Töchter, die nicht mit uns spielen durften. Wir spielten auf der Wiese, ihre Kinder im Zimmer, wir badeten im Fluss, ihre Kinder im Bad, wir sammelten, probierten und genossen die selbst gepflückten Erdbeeren, ihre Kinder aßen nur gekaufte Erdbeeren, am Abend saßen wir um das Feuer, wir tanzten, sangen, lachten, erzählten Witze, ihre Kinder waren ganz still zu zweit zu Hause. Einmal gingen wir zum Erdbeerfeld, wir haben den Weg vergessen, plötzlich standen wir vor dem Haus und wussten nicht mehr wohin, die Ehefrau sah uns an und machte die Tür auf, wir durften mit unseren schmutzigen Schuhen durch das Haus laufen, dort sah ich das Wohnzimmer mit dem Fernseher, mit teueren Möbeln und mit einem Teppich auf dem Boden. Die Frau zeigte uns, wie wir auf einem kurzen Weg nach Hause gehen konnten. Nach zwei Jahren zerstörte eine Berglawine das Haus, der reiche Mann wusste, dass dieser Bergkurort für Lawinen berühmt war, trotzdem baute er ein richtiges Haus und zahlte dafür viel Geld, er dachte, sein Haus würde es überstehen«, sagte Maria und lachte fröhlich, als sie das Erdbeerfeld sah. »Also, wegen der Lawinen haben die Menschen hier solche einfache Holzhütten«, sagte Eduard. »Ja«, erwiderte Maria und zeigte Eduard das große Feld, mit vielen reifen Erdbeeren geschmückt.

Sie pflückten und aßen die süßen Erdbeeren, sie lachten viel und genossen die Sonne, die frische Luft, die Berglandschaft. Eduard nahm eine große Erdbeere in die Hand und spielte mit ihr an Marias Volllippe, Maria machte ihren schönen Mund auf, Eduard fütterte sie wie ein kleines Baby und küsste ihre süße Lippe leidenschaftlich. Noch eine Stunde blieben sie dort, dann gingen sie zurück zur Hütte, nahmen ihr Gepäck, liefen zu den Pferden und ritten zu Marias Geburtshaus zurück.

Unterwegs, nicht weit weg von ihrem Haus, zeigte Maria Eduard einen Wasserfall, sie stiegen ab, banden die Pferde an einen Kastanienbaum und gingen zum Baden. Der Wasserfall war nicht lang, er war nicht mal drei Meter hoch, das Wasser war auch nicht viel und es floss auch nicht schnell. Maria nannte den Wasserfall »die Naturdusche«. Sie duschten sich dort, dann legten sie sich unter einen Baum, schlossen die Augen, blieben kurze Zeit ganz still und hörten das Singen der Vögel. Maria öffnete ihre vielsagenden Augen und lachte laut, als sie eine in Eduards Hose laufende Maus sah; Eduard spürte, dass etwas auf seinen Beine lief, und er bewegte die Beine komisch hin und her und versuchte, die in der Hose laufende Maus zu fangen. Als die Maus für sich in der Hose nichts Interessantes finden konnte und dabei eine Hand spürte, die ihn unbedingt fangen wollte, lief sie noch schneller auf Eduards Beinen, flüchtete dann und verschwand in den Wald. Eduard war außer Atem und Maria konnte ihr ansteckendes Lachen nicht unterdrücken, sie lachte und lachte weiter, Eduard setzte sich neben sie und lachte mit.

Sie gaben die Pferde zurück und liefen durch die Tannenallee zu Marias Haus. Auf dem Tor sahen sie ein großes und breites Schild aus weißem Stoff, worauf mit bunten Stiften in Marias Sprache »Willkommen zu Hause« stand, vor dem Haus sahen sie die Menschenmenge an, die auf sie wartete. Maria schaute Eduard an, sie lachte und ihr Gesicht strahlte das Glück aus. Der »Gemeindekopf« ging zu Maria und Eduard, machte das Tor auf und begleitete die beiden ins Haus. Der »Gemeindekopf« war der alte Freund ihres Opas, im Haus sagte er ein Gebet für Maria und umarmte sie ganz, ganz fest, Die Menschen, die draußen standen, umarmten und küssten Maria sehr herzlich.

Eduard betrachtete das alles sehr neugierig, er sah, wie die Leute Maria umarmten, sie auf die Wangen küssten, wie sie ihre Haare streichelten, mit ihr redeten und lachten und sie wieder umarmten. Er sah Marias strahlendes Gesicht an, ihre glänzenden Augen, sie war überglücklich. Eduard sah, wie sie mit ihren schönen Augen jemanden suchte und wie süß sie lachte, als sie den unter einem Baum sitzenden Onkel Gabriel bemerkte, der sie mit seinen warmen Augen die ganze Zeit liebevoll betrachtete. Als er sah, dass Maria zu ihm lief, stand er auf, öffnete seine Arme ganz weit und umarmte Maria wie ein kleines Kind, sie hatte das Gefühl, dass sie ein kleines Baby war und sie in Onkel Gabriels Armen ganz ruhig schlief.

Onkel Gabriel begleitete Maria und Eduard zum Festtisch, die Menschen aßen, sangen, tanzten, alle waren sehr fröhlich. Daniel führte die Festtafel und sagte viele schöne Trinksprüche; bei einem Trinkspruch sah Eduard, wie die

Menschen still blieben, er stand auf, als er merkte, dass alle Männer standen, er sah in Marias Augen stehende Tränen und er wußte, dass der Spruch für ihre Groß-Eltern war. Der Abend lief gut, die Gäste gingen nach Hause, die Kinder waren schon längst im Bett, alle waren müde und wollten so schnell wie möglich schlafen gehen. Eduard umarmte Maria und ging mit ihr zu Bett.

Am nächsten Morgen frühstückten sie und fuhren direkt zum Flughafen.Vor Eduards Augen standen die faszinierenden Bilder der einwöchigen Reise. Diese Reise war für ihn eine Entdeckung eines fremden, traditionellen Landes, das märchenhaft schön war. Das gute Essen, der hausgemachte Wein, frisches Obst und Gemüse, alles war und schmeckte dort anders. Er küsste Maria auf ihre warme Hand, sie schauten einander in die Augen und beide dachten gleichzeitig an Eduards Abreise. In einer Woche musste er in der Akademie sein, bald war die Diplomausgabe. Obwohl sie seit dem ersten Tag wussten, als sie einander trafen, dass ihre Wege sich nie voneinander trennen würden, sahen die beiden nachdenklich aus.

Am Abend waren sie schon zu Hause. Eduard ging ins Wohnzimmer, machte die Tür zu und blieb die ganze Nacht vor Marias Porträt allein. Früh am Morgen fand Maria ihn auf dem Sofa schlafend, vor ihm hing an der Wand in einem Rahmen Marias Bildnis. Sie betrachtete ihr Porträt lange, dann ging sie vorsichtig zu Eduard und küsste ihn auf seine rechte Hand, die Hand war der Schöpfer dieses wunderschönes Bildnisses. Eduard wachte auf, er schaute Maria an und fragte: »Gefällt dir dein Porträt, mein Engel?

Maria nickte mit dem Kopf, lächelte süß, legte ihren hübschen Kopf an Eduards Brust und flüsterte: »Mein lieber Eduard, mein teurer Eduard«; sie küsste seine Brust und sagte fröhlich: »Wir haben heute Gäste, meine Freunde kommen, ich habe sie eingeladen, wir wollen mit dem Wein aus meiner Heimat deine Abreise segnen.« Sie lachte süß, dann zeigte sie ein weinendes Gesicht und fragte ihn: »Wie werde ich ohne dich weiterleben?« Sie küsste ihn auf seine Hand. »Es war so schön mit dir. Danke, danke, Eduard, für alles.«

Eduard sah eine vor ihm stehende Sonne, die ihn mit ihrem fröhlichen, weinenden, glücklichen Gesicht täglich erwärmte. Sie räumten das Wohnzimmer auf. Um achtzehn Uhr kamen Tamara, David, Katarina und Paul, Marias enge Freunde, die alle Eduard schon kannten, David nannte ihn scherzend »Mondschauer!« »Marie, hast du mir eine Berghütte mitgebracht?«, fragte er Maria lachend und küsste sie auf die Wangen.

»Natürlich, mein Lieber,« antwortete sie und deckte den Tisch weiter.

Draußen war es angenehm warm, ein berauschender Fliederduft verbreitete sich um das ganze Haus, die Freunde waren auf der Terrasse. Das Fenster war offen, Katharina spielte auf dem Klavier und sang ein schönes Lied, die Fliederblüten flogen durch das Fenster ins Wohnzimmer und tanzten fröhlich zu der schönen Melodie, die nach der Berührung von Katarinas langen, schönen Fingern auf die Klaviatur in die Luft strömte. Paul zündete die Kerzen an, die auf dem Fensterbrett, auf dem Tisch, auf dem Klavier und auf der Terrasse in einem Kerzenständer standen. Eduard öffnete den Wein und schenkte

ihn in die auf dem Terrassentisch stehenden Rotweingläser
ein. »Mondschauer, hast du Marias Bildnis fertig gemalt?«,
fragte David Eduard. »Ja«, antwortete Eduard und lachte
über Davids »Mondschauer«. »Bevor ich den Wein trinke,
der von dort aus mich nett anlächelt und auf mich wartet,
wann ich ihn trinke, möchte ich das Bildnis sehen; wenn
ich betrunken bin, wird es mir sowieso gefallen«, sagte David und lachte.

Sie gingen ins Wohnzimmer hinein und schauten das an
der Wand hängende Porträt an. Sie betrachteten das Porträt
und Maria nacheinander. Paul trank den Wein, sah das Bildnis noch einmal an und sagte: »Eduard, das wird bestimmt
das Bildnis deines Lebens sein.« Eduard schaute Maria an
und lachte nett. David ging zu Maria und fragte sie mit einem
traurigen Gesicht: »Wieso hast du mich in Verona nicht geheiratet?« und tat so als wasche er die Tränen ab, sie lachten.
»Das Bildnis ist wunderschön«, sagten Katharina und Tamara gleichzeitig. »Wie sollte es sonst sein, das ist mein Bildnis«, sagte Maria und lachte mit ihrem süßen Lachen.

»Okay, ich habe jetzt Weindurst und mein Magen schreit
nach dem Essen«, sagte David und er ging auf die Terrasse
hinaus. Sie folgten ihm und setzten sich an den Tisch, sie
aßen, tranken und lachten viel. Daniel hatte für Maria eine
Tasche mit Essen gefüllt, auf dem Tisch lagen das gebratene
Ferkel- und Hähnchenfleisch, frisches und getrocknetes
Obst, Käsespezialitäten, gebackenes Käsebrot, alles aus
Marias Heimat. Sie erinnerten sich an die Zeit in Verona,
dort hatten die Freunde eine gemeinsame verrückte Zeit
miteinander verbracht. »Erinnerst du dich an die Bettge-
schichte?«, fragte Katarina Maria lachend. Maria lachte und
nickte mit dem Kopf. Katarina erzählte die Geschichte:

»Wir, ich und Maria, waren im Julias Schlafzimmer, Maria wollte unbedingt ein Foto von sich auf Julias Bett haben, wir schauten herum und sahen kein Aufsichtspersonal. Maria sagte zu mir: »Kati, ich lege mich auf das Bett und mach schnell ein Foto!« Um das Bett gab es eine Absperrung, Maria hatte schon ein Bein über dem Geländer, als jemand uns sagte »no, no!«. Unter, um uns stand niemand, wir folgten der Stimme und blickten nach oben. Dort war ein Raum wie ein offenes Zimmer, und in dem Zimmer stand eine Frau; sie hatte uns so lange beobachtet und nichts gesagt, so lange sie nicht merkte, dass Maria es ernst meinte, sich auf Julias Bett liegend fotografieren zu lassen.«

»Ich fand das sehr schön,« sagte Tamara lachend und erzählte: »Nach der Besichtigung von Julias Haus wollten wir Julias und Romeos Gräber besuchen, wir wussten nicht, wie wir sie finden konnten. Unterwegs sprachen wir die Menschen auf Deutsch an, sie aber verstanden diese Sprache nicht. Alles, was sie verstehen konnten, waren die Namen von Romeo und Julia, und sie zeigten uns den Weg zu Julias Haus, aus Verzweiflung, dass wir nicht zum Haus, sondern zu den Gräbern wollten, machte Maria ihre Augen zu, sie legte ihre Hände übereinander auf ihre Brust und hielt den Atem an, die Menschen lachten und wir lachten auch mit.«

Sie fragten Eduard über die Reise aus und über seine Eindrücke. Eduard erzählte ihnen sehr begeistert über das Land, über die Landschaft, über die Menschen, die so warmherzig und gastfreundlich waren. Er erzählte ihnen über die eindrucksvollen Augen des Onkel Gabriels und wie viel Wärme aus diesen Augen kam, als er die glücklich strahlende Maria in ihrer Gemeinde betrachtete. Mit seiner großen Begeisterung steckte Eduard die Freunde an und sie machten aus, im kommenden Sommer alle zusammen in Marias Heimat Urlaub zu machen.

Eduard umarmte am Flughafen Maria, er konnte sie nicht loslassen, er umarmte sie fest und noch fester, Maria spürte die Wärme seines Herzens, in dem ein glühendes Feuer brannte.

Niko, ein Freund von Eduard, feierte in einem Kunsthaus die Ausstellung seiner Gemälde, unter den eingeladenen Gästen war Maria. Das Kunsthaus war ein Geschenk von wohlhabenden Menschen, die die Kunst der jungen Generation von Malern schätzten und sie unterstützen wollten. Niko war ein Landschaftsmaler, Maria schaute seine Bilder mit strahlenden Augen an. Niko malte mit hellen Farben, seine Bilder waren sehr lebendig. Ein Bild fand Maria besonders schön, sie stand vor diesem Bild und betrachtete es lange. Auf dem Bild sah sie einen Bergwald, am Rand des Berges war ein großer See, auf dem See saßen ein alter Mann und ein kleines Kind in einem kleinen Ruderboot, beide hatten einen Grashut auf dem Kopf. Der Mann hatte die Ruder in seinen Händen und blickte in die Ferne, das Kind hielt in seiner kleinen Hand einen Eimer und schaute hinein, Ruhe und Gelassenheit strömten aus dem Bild.

Niko ging zu Maria, er kannte Marias große Liebe zur Landschaft, zur Natur. Er erzählte ihr, dass er und Eduard, als er in Paris studierte, in der Nähe von diesem See ein Männerkloster, gut versteckt in diesem Wald, entdeckt hatten. »Du solltest zusammen mit Eduard diesen Ort besichtigen, dort ist sehr schön und sehr ruhig. Wir durften im Kloster zwei Tage übernachten, wir waren in einer ganz anderen Welt, das Klosterleben faszinierte uns«, sagte Niko und entschuldigte sich bei Maria, weil er neue Gäste empfangen wollte.

Maria brauchte frische Luft, sie machte die Balkontür auf und trat hinaus, sie zog ihre Schuhe aus und lief barfuß auf den Balkon. Sie stand an dem Vorsprung, sie legte ihre Hände darauf, machte ihre Augen zu und atmete tief ein und aus. Sie hatte ein langes schwarzes, rückenfreies Kleid an, ihre Haare hatte sie hochgesteckt, der sanfte Wind bewegte das Kleid langsam und rhythmisch.

Maria dachte an ihren Opa, an den Tag, als er mit ihr zum Fischen gegangen war. Sie war damals sechs Jahre alt. Sie hatte eine kurze Hose und eine dünne Jacke an, ihre kleinen Beine waren in Gummistiefeln halb versteckt, sie trug auf ihrem kleinen Kopf einen Hut, der mit der Hand geflochten war. In den Hut steckte ihr der Opa eine schöne Wildrose. Der Opa hatte in der Hand die Angel, Maria hielt einen Spieleimer und lief neben dem Opa her. Ihre kleine Hand hatte sie in Opas starker und großer Hand. Sie lief neben ihm und fühlte sich ganz sicher. Unterwegs schaute sie mehrmals den Opa mit ihren strahlenden Augen an und lächelte süß.

Maria war in ihren Gedanken versunken, sie merkte nicht, dass auf der Seite des Balkons ein junger Mann stand und sie die ganze Zeit beobachtete. Er sah sie, als sie aus der Tür heraustrat und lachte, als er die Frau erkannte, er beobachtete, wie sie ihre Beine von den Schuhen befreite und wie sie in ihrem schönen Kleid ihren Körper harmonisch bewegte. Er merkte, dass Maria an etwas Schönes dachte, und genoss den Anblick ihres strahlenden Gesichtes. Er hatte ein Glas Weißwein in seiner Hand, er trank den Wein und betrachtete Maria mit seinen gierigen Augen. Mit langsamen, räuberischen Schritten näherte er sich Maria, der unerwartete Besuch erschreckte sie. »Entschuldige, ich wollte Sie nicht erschrecken!«, sagte er und lachte Maria nett zu. »Es ist alles in Ordnung, ich war nur mit meinen Gedanken beschäftigt und konnte nicht merken, dass Sie hier waren«, sagte sie und lachte mit ihrem süßen Lachen. »Waren wir nicht beim Duzen?«, fragte er und schaute Maria in ihre geheimnisvollen Augen. Maria war erstaunt, sie suchte in ihrem Gedächtnis, wer dieser Mann sein konnte, sie konnte sich an ihn nicht erinnern. Sie schaute ihn verwundert weiter an und sagte nichts. Der Mann lachte, als er merkte, dass sie nicht wußte, wer er sei, er berührte ihren Arm zärtlich und sagte zu ihr: »Vor einem Monat haben wir uns in der Bibliothek kennengelernt.« Sie schaute ihn lange an, dann lachte sie und sagte: »Ach, du bist es, der Mann aus dem Balkon!« Sie lachten. »Ich bin Stefan« sagte er und reichte Maria seine Hand. »Ich heiße Maria«, erwiderte sie. »Maria, da bist du ja«, hörte sie Nikos Stimme. Er wollte ihr etwas sagen, doch als er den neben Maria stehenden Stefan bemerkte, blieb er plötzlich still und ging zu ihnen. Er schaute Stefan irgendwie vorwurfsvoll an, berührte Marias Hand leicht und sagte zu ihr: »Eduard ist gerade am Apparat, er möchte dich sprechen.« Stefan sah, wie Marias Augen leuchteten, als sie den Namen Eduard hörte, Maria verabschiedete sich von ihm und lief mit Niko zusammen ins Zimmer.

Stefan war ein junger, erfolgreicher Mann aus einer reichen Familie, er war ein Geldsammler. Seine ganze Kindheit war von diesen Worten geprägt: »Die Heirat ist keine Liebe, die

Familie ist ein Geschäft, du brauchst eine Frau aus unserem Kreis, bei uns heiraten wir nicht die Menschen, sondern deren Konto!« Mit seinem Geld suchte er die Bestätigung der Frauen in seinem Kreis, und die bekam er ganz leicht. Wenn er diesen Genuss satt hatte, suchte er ein Opfer unter den Menschen, die ihn nicht kannten. Er neigte stark zur Eigensucht, er dachte nur an sich. Er machte das, was er wollte, die Gefühle von anderen war ihm fremd. Er war kaltblütig und herzlos. Sein ganzes Leben gab er seinen Trieben nach. Er war ein Herzensbrecher, wenn eine Frau ihn erotisch und sexuell erregte, lief er hemmungslos hinter ihr her so lange, so lange er sie nicht ins Bett kriegte. Wenn er das volle Programm geniessen wollte, kaufte er einfach den Sex. Er versuchte seinen geschädigten Ruf mithilfe von ein paar Geschäftsleuten wiederherzustellen, die sich für die Kunst sehr engagierten. Er war kein Kunstfreund, trotzdem spendete er viel Geld dem Künstlerhaus, er wollte sich wichtig machen und er wollte zeigen, dass er eine feine Seele hatte.

Niko wusste, wie gewissenlos Stefan war, er war besorgt, als er ihn neben Maria sah. Niko kannte Maria und er wusste, wie eine zerbrechliche Seele sie hatte, und er wusste auch, wie viel Maria ihrem Freund bedeutete.

Eduard wartete ungeduldig auf die Landung der Maschine, in der Maria saß. Seit zwei Monaten hatte er sie nicht gesehen, er konnte kaum warten, sie in seine Armen zu nehmen. Er war sehr aufgeregt, sein Kopf bewegte sich nach oben, er blickte auf den Monitor, und nach unten, er schaute ständig auf seine Uhr. Ganz still blieb er, als er Maria zu ihm sah, sie hatte ein kurzes schwarzes Kleid an, mit verschiedenfarbigen Blumen halb bedeckt. Maria lächelte, als sie Eduard bemerkte. »Mein Engel!«, rief er glücklich, lief zu ihr und umarmte sie mit seinen starken Armen ganz fest, lange und ununterbrochen, er wollte sie nicht loslassen. Marias Kopf war in Eduards Brust versunken, Eduard umarmte noch fester. »Liebling, ich bekomme keine Luft«, murmelte sie und lachte. Eduard machte seine Arme locker. Er berührte ihr Gesicht, hielt es in seinen Händen und küsste ihr bildhübsches Gesicht ohne Pause. Sie strahlten ihr Glück aus, sie schauten sich in die Augen und erwärmten einander mit ihrem liebevollen Blick. Es war ein Treffen zwischen zwei Menschen, die einander sehr liebten, einander schätzten und in ihrem Zusammensein eine Einheit bildeten.

Eduards Liebe zu Maria war sehr groß, er vergötterte sie, sie war für ihn die Ikone seines Lebens geworden. Er wusste, wie wichtig für Maria eine Familie war, die aus der Liebe entsteht. Für sie war die wahre Liebe, die alle Hindernisse besiegen kann, keine märchenhafte Illusion, sondern eine Wirklichkeit, die ihre ganze Kindheit ernährte und prägte. Anders als Maria musste Eduard von seinen Eltern eine Enttäuschung erleben. Die »gute Lüge« wurde für ihn eine bittere Realität und machte ihm die wichtige Entscheidung seines Lebens unmöglich. Er hatte Angst vor dem Versagen, er hätte sich nie verzeihen können, wenn er der Grund für Marias Tränen geworden wäre, ihre Tränen, die er so oft mit seinem zärtlichen Kuss trocknete.

»Liebling, Niko hat mir von eurem Ausflug in die Berge und von eurem zweitägigen Klosterleben erzählt«, hörte er Marias Stimme vom Balkon. Eduard ging zu ihr, lachte sie an, berührte mit seiner Künstlerhand Marias schönes

Gesicht und fragte lachend: »Ach, hat er das?« »Ja,« antwortete Maria und fuhr fort: »Er hat ein schönes Bild gemalt, das Bild heißt »zwei große Maler«. Im Boot sitzt ihr zwei zusammen, blickt in die Ferne und wisst nicht, wohin mit euch«, sagte sie, lachte mit ihrem süßen, kindlichen Lachen und schaute Eduard fröhlich mit ihren strahlenden Augen an. Eduard lachte, er umarmte sie und küsste sie auf ihre schöne Haare: »Es wäre schön, wenn ich wüsste, wohin mit mir!«, sagte er und drückte sie ganz fest an seine teuere Brust. Maria blieb ganz still, sie wollte seinen Herzschlag hören, sie hörte, wie rhythmisch sein Herz schlug, sie genoss die ununterbrochene Wärme, die aus seinem guten Herzen zu ihr strömend floss. »Liebling, ich würde gerne den Ort besuchen, wo du mit Niko zusammen warst, er sagte mir, dass ich die Landschaft unbedingt anschauen soll. Gehst du mit mir dorthin?«, fragte sie und schaute Eduard an. Eduard betrachtete ihre vielsagenden, geheimnisvollen Augen, die unglaublich große Neugierde in den Menschen weckte. Obwohl er alles über sie wusste, schaute er in ihre unendlich tiefen Augen suchend und neugierig. Er küsste ihre Augen und sagte: »Ja, wir besuchen den Ort!«

Eduard war mit seinem Studium längst fertig, mit seiner Porträtmalerei verdiente er gut. Er hatte eine schöne, große Wohnung im zweiten Stock des vierstöckigen Hauses in einem ruhigen Ort in der Nähe von Paris gekauft, ein großer Kirschbaum begrüsste den kleinen Balkon seiner Wohnung und ging hoch bis zu dem Dach des Hauses. Aus dem Haus konnte man durch eine Allee von Kastanienbäumen, deren weiße und rote Blüten den Menschen eine atemberaubende Schönheit schenkten, zum See laufen. Der

See war ein Heim für die Enten und für die Gänse. Bei schönem Wetter zeigten große schwarzfarbige Fischen ihre Pracht und genossen das warme Wasser, das die am Himmel strahlende Sonne gutmütig erwärmte. Einen einzigartigen Bewohner hatte der See: Ein weißer Schwan schwamm im See, der sehr oft ganz alleine in seine Welt versunken zu sein schien. Maria saß auf der Bank und betrachtete den Schwan, als sie Eduards Kuss auf ihrer Wange spürte. »Mon Cherie, wir sind heute bei meinen Eltern eingeladen«, sagte Eduard, »Komm, wir wollen doch nicht, dass sie auf uns warten.« Er reichte ihr seine Hand und sie liefen nach Hause. Maria ging ins Schlafzimmer, sie machte den Kleiderschrank auf, nahm ihre Lieblingskleider heraus und spielte mit ihren weiblichen Reizen vor dem Spiegel. Eduard war fertig angezogen, er setzte sich aufs Bett und schaute Maria mit leuchtenden Augen an, er sah in dem Spiegel eine süß lachende pure Weiblichkeit, und er wußte, wie glücklich er mit dieser Frau sein könnte, wenn er vor diesem bedeutenden Schritt nicht eine so große Angst gehabt hätte. »Und, wie sehe ich aus?«, fragte Maria und lachte süß. Eduard erwachte aus seinen Gedanken, schaute die vor ihm lachend stehende Maria an, die ihren schönen Kopf auf die rechte Seite gebeugt hielt und mit ihren lachenden Augen auf Eduards Antwort wartete. Eduard stand auf, ging zu ihr, schob ihre Haare weg, die ihr hübsches Gesicht halb bedeckten. Er küsste sanft ihren Hals und sagte ihr: »Du siehst bezaubernd aus!«»Wie immer«, sagte Maria und lehnte sich an Eduards Brust lachend, als wollte sie sich vor ihrer kindlichen Scham verstecken. Eduard lachte nett, berührte sie an ihrer Hand und sagte: »Wir gehen jetzt, sonst werden wir uns verspäten!« Er umarmte sie und sie liefen beide schnell die Treppe hinunter.

Eduards Vater machte die Tür auf, als er Maria sah, rief er fröhlich: »Jetzt weiß ich, wie mein Sohn dank dir nach einer zweijährigen Pause wieder malen konnte!« Er küsste Maria auf ihre Hand und führte sie ins Haus. Eduards Mama stand schon im Flur, sie schaute die lachend zu ihr laufende Maria an, sie lachte nett zurück, umarmte sie und sagte: »Hallo meine Schöne, endlich kann ich dich kennenlernen.«

Eduards Mama war eine gute Schauspielerin, seit dreiunddreißig Jahren versteckte sie ihr Gesicht unter einer Maske. Die kurzen schwarzen, lockigen Haare passten gut zu ihren schwarzen Augen. Ihren Mund betonte sie mit einem roten Lippenstift, und wenn sie lachte, sahen ihre schönen Zähne noch weißer aus. Das schwarze Kleid, das sie am Abend trug, machte ihren kleinen und schlanken Körper noch schlanker. Eduard sah seinem Vater ähnlich, er war groß und hatte eine sportliche Figur, seine warmen, dunkelbraunen Augen machten sein Gesicht vertrauenswürdig. Obwohl Eduards Eltern seit Langem kein Bett mehr miteinander teilten, wohnten sie trotzdem zusammen. Sie wohnten in einem kleinen Häuschen, ihr Lieblingsplatz war die Küche, sie kochten gerne und waren sehr große Essensliebhaber, die Küche und das Esszimmer hatten sie zusammen in einem großen Raum. Für den heutigen Abend hatte Eduards Vater Coque au Vin zubereitet, das frische Baguette und einen besonderen Weißwein hatte die Mutter, wie sie sagte, »selbst gekauft«.

Sie erzählten Maria die Geschichte ihrer nicht lang anhaltenden Liebe. Eduards Mutter war in der zehnte Klasse, als sich in sie ein Schulkamerad verliebte, sie wollte ihn irgendwie loswerden und sagte ihm, dass sie einen Freund habe, dann bat sie ihre enge Freundin, ein Foto von ihrem Cousin, Eduards Vater, in die Schule mitzubringen, als Beweis für ihre Liebe. Seit diesem Tag, als die Freundin ihr das Foto gab, hatte sie es immer in ihrem Buch dabei. Die Freundin erzählte ihrem Cousin darüber, er wollte dieses Mädchen unbedingt kennenlernen. Bei der Geburtstagsparty ihrer Freundin lernten Eduards Eltern einander kennen, und nach ein paar Treffen merkten sie, dass sie einander mochten. Mit zwanzig Jahren bekam sie Eduard und danach widmete die Mutter ihr ganzes Leben der Theaterbühne.

Eduard empfing eine wichtige Kundin in seinem Arbeitszimmer. Sie hatte bei der Ausstellung seiner Bilder Marias Porträt gesehen, und seitdem ließ sie sich von keinem anderen Maler mehr malen. Sie war die Ehefrau eines Bankdirektors, sie selbst arbeitete nicht, und mit dem Geld von ihrem Mann sammelte sie ihre Porträts. Während Eduard malte, ging Maria meistens zum See, sie setzte sich auf einer Bank oder sie lief in die Allee, die mit Buchen, Pappeln und Birkenbäumen bepflanzt war und die den See umrandete. Sie hatte schon ihre Lieblingsbank, auf der Bank saß sie lange, betrachtete die Bewohner des Sees und malte die schönen Bilder der Natur in ihre Seele. Sie schaute und lachte, als sie sah, wie der Schwan die Gänse aus dem See vertrieb und den Platz für die kleinen Enten frei machte. Der Schwan war mit den Enten befreundet, er war ein großer Freund, der auf seine kleine Freunde aufpassen wollte und der für sie sorgte. Sie freute sich sehr, als sie an einem

Tag bemerkte, dass die Gänse Nachwuchs bekommen hatten und sie ihre Kleinen stolz präsentierten. Der See war durch eine Brücke zweigeteilt, vor der Brücke herrschte der Schwan und teilte den See mit seinen Entenfreunden, hinter der Brücke lebten die Gänse mit ihrem Nachwuchs. Maria saß auf der Bank und betrachtete den Schwan, der graziös vor ihr schwamm, sie hörte hinter sich Eduards Schritte, er berührte mit seinen Lippen Marias Volllippen und setzte sich neben sie. »Liebling, weißt du woran ich denke?«, fragte sie Eduard. »Nein, aber wenn du es mir sagst, dann weiß ich es«, sagte Eduard lachend. »Ich frage mich, wieso der Schwan immer alleine ist, wieso gibt es hier keine anderen Schwäne?« »Vielleicht ist er noch nicht reif für eine Beziehung und hat Angst jemanden zu verletzen«, antwortete er und sah sehr nachdenklich dabei aus. »Und du, Eduard, wovor hast du denn Angst?« fragte Maria ihn. »Jemanden zu enttäuschen«, sagte er, nahm Marias Hand und küsste sie zärtlich und lange.

Am Abend wollten sie ins Kino gehen. Sie liefen ganz still durch die Straßen und beobachteten die Menschen, die Stadt. Eduard hielt Maria ganz fest in seinen Armen. Sie sahen, wie aus einem Haus eine Frau herauskam. Sie lief barfuß auf die Straße. Sie hatte lange, schöne Haare, die sie offen trug. Ihr schönes, rundes Gesicht strahlte Glück aus. Die Aufmerksamkeit von Eduard und Maria zog ein Becher auf sich, den sie in ihrer Hand hielt. Im Becher hatte sie Kleingeld. Sie bettelte, aber sie bettelte auch nicht, sie sagte nichts und sie reichte keinem ihren Becher. Es sah so aus, als ob sie für Betteln wie für eine Gnade einfach offen war, und sie war damit sehr glücklich. Sie strahlte die innere

Zufriedenheit aus. »Menschen, die mit nichts glücklich sein können – wie schaffen sie das bloß?!«, sagte Eduard, umarmte Maria noch fester, dass er sie so an seiner Brust noch intensiver spüren konnte, und ging mit ihr ins Kino.

In einer Viertelstunde lief der Film, den sie anschauen wollten. Sie betraten den Kinosaal. Sie saßen auf ihren Plätzen. Der Film lief seit zehn Minuten, als ein Mann, der neben ihnen mit seiner Frau zusammen saß, Eduard fragte, wie der Film hieß. Als Eduard ihm sagte, was für ein Film dort lief, stand er auf, fasste seine Frau an der Hand und sagte ihr lachend, dass sie im falschen Kinosaal saßen. Maria und Eduard schauten einander an und lachten. Eduard war in seinen Gedanken tief versunken, obwohl er den Film ansah, sah er nichts. Alles, was er merkte, war Marias warme Hand, die er in seiner Hand hielt. Die zwei Tage, die er im Kloster mit Niko zusammen verbracht hatte, hatten bei ihm eine große Wirkung hinterlassen. Eduard wußte selbst nicht, weshalb er in letzter Zeit so oft an das Klosterleben dachte. Was er wusste war, dass er Angst hatte, Angst vor dieser wichtigen Entscheidung. Er erinnerte sich, wie er vor Kurzem sehr aufgeregt in einem Juweliergeschäft den Verlobungsring gesucht hatte. Wie sehr die Besitzerin des Geschäfts sich persönlich um ihn gekümmert hatte und wie glücklich seine Augen gestrahlt hatten, als er endlich unter so vielen Ringen einen Ring auswählen konnte, der zu seiner Maria gut passte. Er wollte in diesem Sommer Maria einen Heiratsantrag machen. Er war ein Familienmensch und wollte immer eine große Familie haben. Die Frau seines Lebens saß neben ihm und er wußte, dass er mit keiner anderen Frau so glücklich sein konnte wie mit

Maria. Eigentlich hatte er alles, was man für ein glückliches Leben brauchte. Er fürchtete aber, Maria zu enttäuschen, und diese Angst konnte er nicht bewältigen. Er traute sich nicht, Maria, seinen Freunden oder seinen Eltern über seine Ängste zu erzählen. Das Klosterleben war für ihn ein Ausweg, eine Flucht war das, sich vor seiner Angst zu verstecken. Er war von diesem negativen Gefühl so sehr gefesselt, dass er nicht daran denken konnte, wie es für beide danach weitergehen würde, wenn er Maria über seine Entscheidung für das Klosterleben berichtete. Eduard konnte sich nicht vorstellen, ohne Maria zu leben. Das große Glück war zu ihm gekommen und er wollte davor weglaufen. Niemand wusste, wie sehr Eduard darunter litt. Für ihn war Maria sein ein und alles, er liebte sie mehr als alles andere in der Welt. Sie war sein Atem, sein Herzschlag. Er spürte die Liebe zu ihr ganz tief in seinem Herzen. Obwohl er ganz genau wußte, dass Maria neben ihm sehr glücklich war, dachte er immer, dass sie einen besseren Mann verdient hatte. Eduard war sehr verzweifelt darüber, dass seine grenzenlose Liebe zu Maria diese Angst nicht besiegen konnte. Marias sanfter Kuss an seinen Wangen und ihre Frage, ob ihm der Film gefallen habe, holte ihn in die Realität zurück. »Ich habe den Film nicht gesehen«, flüsterte er. »Liebling, was ist mit dir los?«, fragte Maria. Sie merkte, dass Eduard in letzter Zeit zu sehr mit seinen Gedanken beschäftigt war. »Mon Cheri, komm wir gehen raus«, sagte er, stand auf und ging. Maria fragte nichts mehr, sie folgte ihm einfach. Eduard hielt ein Taxi an, sie setzten sich nebeneinander und fuhren nach Hause. Die ganze Fahrt sagten sie nichts. Sie schauten einfach einander in die Augen und weinten. Als Maria aus dem Bad herauskam, war Eduard schon im

Bett. Maria schaute ihn besorgt an, aber sagte nichts. Sie ging ins Bett, legte ihren hübschen Kopf an Eduards Brust und blieb ganz still. Eduard umarmte sie, streichelte sanft ihre Haare und weinte. Die ganze Nacht waren beide wach. Sie wussten, dass keiner von ihnen schlief, aber sie sagten kein einziges Wort. Eine dunkle, unangenehme Ruhe herrschte im Zimmer. Maria spürte, wie Eduards Herz weinte, und die an seiner Brust still weinende Maria tat Eduard noch mehr weh. Erst früh am Morgen sagte Eduard etwas, wovor Maria sich fürchtete. »Mon Cheri, ich möchte ins Kloster gehen«, sagte er und spürte, wie kalt plötzlich Marias ganzer Körper wurde. Maria hielt kurz den Atem an und fragte einfach: »Wieso?« Das war die Frage, die Maria oft in ihrem Leben stellen musste und worauf sie nie eine Antwort bekommen hatte. »Ich weiß es nicht, ich spüre, dass ich es einfach machen muss.«

Maria begleitete Eduard ins Kloster. Sie freute sich gar nicht mehr über die schöne Landschaft, über den Berg, über den See. Sie ging neben Eduard und dachte an die Tagen, an denen sie ihren lieben Großvater und ihre liebe Großmutter zum Grab begleitet hatte. Zwei Stunden liefen sie auf den Berg hoch. Das Kloster war in den Bergen gut versteckt. Die bergige Landschaft schützte das Kloster von allen Seiten. Ein Steinzaun umrandete das ganze Gelände. Das große Tor war am Tag offen, ab zwanzig Uhr war es mit einem starken Schloss geschlossen und es konnte niemand mehr den Garten des Klosters betreten. Dort wohnten sieben Mönche. Jeder hatte eine eigene Holzklause. Die Klausen standen in dem kleinen Garten. Im Garten blühten verschiedene Blumen. Tannenbäume, Weiden, Weintrauben, Obst und der

Gemüsegarten, alles war ergrünt. Die Frauen durften dort nur in der Kirche beten, die auf einem kleinen Hügel stand. Sie durften nicht die Klause der Mönche betreten und auch nicht in dem Gästehaus des Klosters übernachten. Maria schaute das alles an und fragte sich, wie Eduard dort leben konnte. Eduard blieb mit Maria zwei Tage in einem dem Kloster nahe gelegenen Hotel. Es war alles anders geworden zwischen ihnen. Sie redeten kaum noch miteinander. Ihre Herzen konnten einander nicht mehr erwärmen. In ihren Körpern floss kein Blut mehr. Sie lagen auf dem Bett wie zwei Leichen. Maria hatte ihren Kopf an Eduards teurer Brust, in dem vor Kurzem für Maria sein Herz so sehr geschlagen hatte, und sie merkte, wie steinhart dieses Herz geworden war. Zwischen ihnen stand eine Kraft, die sie nicht besiegen konnten und vor der sie sehr schwach waren. Maria schlief noch, es war schon hell, Eduard stand vorsichtig auf, betrachtete kurz die auf dem Bett liegende Maria, legte auf den Tisch ein kleines Geschenk, ging aus dem Zimmer und lief sehr schnell ins Kloster. Als Maria aufwachte, lag neben ihr nicht mehr Eduard. Sie ging halbschlafend ins Bad, duschte sich und machte sich fertig. Sie wollte das Zimmer verlassen, als sie auf dem Tisch das Geschenk sah, sie öffnete es und sah einen wunderschönen Ring. Sie versuchte die Tränen zurückzuhalten, machte ihre Augen zu, steckte den Ring auf den Finger und schloss die Zimmertür hinter sich.

Nach dem Telefongespräch mit Eduard ging Maria bald nach Hause. Stefan konnte nicht mehr mit ihr sprechen, er war von Marias Weiblichkeit so sehr besessen, dass er sie unbedingt bekommen wollte, ihre Reize machte ihn wahnsinnig.

Es war ein halbes Jahr her, seitdem Maria nichts mehr von Eduard gehört hatte, das letzte Mal konnte sie sich an seiner teueren Brust ausweinen, als sie ihn zu seinem Klosterleben begleitete. Es war für sie sehr schwer, ohne Eduard zu leben, aber sie respektierte seine Entscheidung und sie merkte, wie leer ihr Leben ohne ihn war.

Nikos und Marias gemeinsamer Freund feierte seine Hochzeit, der Garten seiner Schwiegereltern war für die Party geschmückt. Die Braut schrieb ein Hochzeitslied und widmete es der Frucht der Liebe. Sie berührte mit ihren Fingern sanft die Klaviatur. In die Luft strömte die angenehme Melodie der Musik, ihre schöne Stimme klang fabelhaft, sie sang und blickte lieb zu ihrem Mann. Alex stand neben dem Klavier, seine Augen zeigten, wie glücklich er war. Amanda beendete das Lied, stand auf und ging zu Alex, der ihr mit ausgestreckten Händen entgegenkam. Ihr weißes Hochzeitskleid machte den kleinen Babybauch sichtbar. Im Garten standen viele runde Tische, mit weißen Tischdecken geschmückt, an jedem Tisch standen fünf Stühle, in der Mitte vom Tisch standen die Blumenkörbe, die feinen Teller und dazu passende Gläser. Der Vater der Braut bat um Aufmerksamkeit, er hielt eine Rede, er wünschte seiner Tochter, seinem Schwiegersohn und dem Enkelkind, das neugierig aus dem Bauch blickte, viel Glück, Gesundheit und ewige Liebe. Er bedankte sich bei den Gästen für ihre Anwesenheit, wünschte allen ein schönes Fest und eröffnete mit einer Hochzeitsmusik, die eine Band spielte, die Hochzeitsparty endgültig.

Maria sah bezaubernd in einem schwarzen Abendkleid aus, um den Hals trug sie eine Kette, die Eduard ihr schenkte, als er das Bildnis fertig gemalt hatte. Ihre schönen, lange Haare trug sie offen, sie hatte schwarze hohe Schuhe an. Am Tisch neben Maria saßen Niko und seine zwei Freunde aus dem Künstlerhaus. Niko erzählte von der schönen Zeit seines Studiums, er redete oft über Eduard, jedes Mal, wenn er Eduards Namen aussprach, zeigte Marias Gesicht eine leidenschaftliche Sehnsucht nach ihm. Ein Freund von Niko war mit Eduard bekannt, er hatte ihn lange nicht mehr gesehen und fragte Niko, wie es ihm ginge und wo er momentan sei. Niko schaute Maria an und erzählte ihm, dass er seit mehr als einem halben Jahr im Kloster lebte.

Die Band spielte eine ruhige Tanzmusik, Niko forderte Maria auf und ging mit ihr zum Tanzen. »Maria, ich befürchte, dass Eduard für immer im Kloster bleiben wird«, flüsterte er ihr zu. »Das befürchte ich auch, Niko.« »Wie kommst du damit klar?«, fragte er. »Es ist nicht einfach, ich vermisse ihn schrecklich und es gibt keinen Tag, an dem ich nicht an ihn denke. Ich brauche ihn so sehr, aber ich akzeptiere seinen Willen, schließlich muss er selbst den Weg seines Lebens finden«, sagte sie und legte ihren hübschen Kopf auf Nikos Schulter. Maria sah, wie Stefan zu Braut und Bräutigam ging, ihnen etwas sagte und sich an den Tisch setzte, wo Maria und Niko saßen. Er schaute Maria an, er merkte, wie leidenschaftlich sie war, er betrachtete mit seinen gierigen Augen ihren schönen, weiblichen Körper, der Nikos Körper sanft berührte, und schaute in ihre tiefe Augen. »Niko, ich habe eine Überraschung für dich«, sagte Maria, schaute ihn an und lachte. »Da bin ich aber gespannt!«, erwiderte er und schaute sie neugierig an. »An unserem Tisch sitzt dein lieber Freund, er kam vor Kurzem.«

Niko schaute in die Richtung, sah den zu ihnen blickenden Stefan an, begrüßte ihm mit einer Kopfbewegung und flüsterte Maria ins Ohr: »Pass auf dich auf, der »Casanova« ist da.« Sie lachten und gingen nach der Beendigung der Musik zurück zum Tisch. »Niko, schreibt Eduard dir? Weißt du, wie lange er im Kloster bleibt?«, fragte der Freund ungeduldig Niko. »Nein, er schreibt nicht, er hat alle Kontakte abgebrochen, das war sein Wunsch«, antwortete Niko. »Gab es keine Frau in seinem Leben, die ihn vor dieser Entscheidung retten konnte?«, fragte der Freund scherzend und fuhr wieder fort: »Ich kann es kaum glauben, dass Eduard im Kloster lebt, er war so ein Genussmensch, ich hoffe, dass er zurückkommt. Versteht mich nicht falsch, ich habe nichts gegen die Menschen, die im Kloster leben, ich schätze sie sogar für ihre Hingabe an das Göttliche. Aber ich glaube, die Welt braucht Eduard und seine Malerei.« »Das hoffen wir auch, dass er zurückkommt«, sagte Niko, nahm Marias Hand und küsste sie.

Stefan merkte, dass Eduard für Maria ein wichtiger Mensch war, er sah, wie aufmerksam und leidenschaftlich sie zuhörte und wie süß sie lachte, als die Freunde auf Eduards Rückkehr hofften. Er saß dort mit anderen, aber er sah nur Maria, er war von ihr besessen, in ihm tobte ein böser Geist, der ihm keine Ruhe gönnte und ihn zum Handeln ermunterte. Er betrachtete ihr bildhübsches Gesicht, in seiner Fantasie berührte er ihre Lippen und küsste sie endlos. Seine Augen durchbohrten Marias großen, schönen Busen so tief, dass sie innerlich den Schmerz spürte.

Niko und seine zwei Freunde gingen zum Bräutigam, sie wollten mit ihm tanzen, es war für die Freunde wie ein Ritual, bei jedem Fest zu viert diesen Tanz zu tanzen. Die

Band spielte extra Musik für sie, die Freunde umarmten sich, bildeten einen Kreis und mit kurzen tanzenden Schritten gingen sie im Kreis. Maria sah den Tanz zum ersten Mal, sie sah ihn mit großer Begeisterung an, es war kein einfacher Tanz, sondern ein Tanz von vier Freunden, die mit ihren ineinander geflochtenen Armen, mit ihren in einer Reihe sich nacheinander bewegenden Beinen eine Hymne auf die tiefe Freundschaft sangen. Marias Augen leuchteten, sie schaute Stefan an, sie wollte seinen Eindruck sehen und sie sah, wie beeindruckt Stefan von ihrem Dekolletee war.

Maria und ihre Freunde wollten für ein paar Tage an den Gardasee fahren, sie und Tamara gingen zum Einkaufen. Sie wollten Käse, Mehl, Hähnchenkeule, frisches Obst und ein paar Getränke kaufen. Sie wollten für unterwegs das Käsebrot backen und die Hähnchenkeulen braten. Sie waren in der Obstabteilung in einem großen Geschäft, als Maria plötzlich den ins Geschäft hereinkommenden Stefan bemerkte. Sie wollte nicht mit ihm sprechen und tat so, als habe sie ihn nicht gesehen. Sie flüsterte Tamara zu, dass Stefan dort war, er sie gesehen habe und dass er zu ihr komme. Maria drehte sich in alle Richtungen und gab Stefan keine Möglichkeit, sie direkt anzusehen, Stefan lief immer in die Richtung, in welcher Richtung Maria stand. Als Tamara sah, wie schnell Maria die Richtung wechselte und wie Stefan hinter ihr herlief, musste sie sich totlachen, sie drückte ihre Lippen ganz fest aufeinander, ihr Kinn zitterte von den unterdrückten Gefühlen, und als sie merkte, dass Stefan aufgegeben hatte und gegangen war, ließ sie ihr angehaltenes Lachen frei und Maria musste auch mitlachen.

David war neugierig, als er die mit den Einkaufswagen zu seinem Auto lachend kommenden Tamara und Maria bemerkte, sie lachten, und in der Einkaufgarage konnte man ihre Stimmen hören. Obwohl David nichts wußte, musste er mitlachen, das laute Lachen seiner Freundinnen steckte ihn an. Er fragte sie sehr neugierig: »Erzählt mal, was habt ihr dort angestellt?« Er kannte seine Freundinnen gut und wußte, wie gerne die zwei scherzten. Tamara zeigte mit dem Finger auf Maria und lachte weiter, sie erzählte David, was sich im Geschäft abgespielt hatte und machte ihn noch neugieriger, weil ihr lautes Lachen die Erzählung oft unterbrach. »Oh, David, du hättest dabei sein sollen«, sagte sie lachend und räumte den Einkaufswagen aus, den Maria schon halb leer gemacht hatte. Sie fuhren zu Pauls Wohnung, dort warteten Paul und Katarina auf sie, sie hatten alle Sachen fürs Campen fertig und wollten damit das Auto beladen. Maria und Tamara bereiteten das Essen für unterwegs, Tamara briet die Hähnchenkeulen, Maria buk das traditionelle Käsebrot aus ihrer Heimat. Gegen vierundzwanzig Uhr fuhren sie nach Italien. Alle freuten sich auf das Campen, alle waren gut drauf, sie lachten viel, es gab keinen Stau, sie hatten zum Essen etwas sehr Leckeres dabei und zum Scherzen war Stefans Katz-und-Maus-Spiel da.

Obwohl Stefan für Niko nur ein reicher, langweiliger Mann war, der seine Geschäfte auf sein Erbe bauen konnte und der den Sinn seines Lebens nur im Geld sah, fand Maria die kurzen Gespräche mit ihm irgendwie angenehm. Als ihre Freunde im Auto über Stefan lachten, dachte sie an ihn und nahm diese lustige Geschichte irgendwie ernst, weshalb Stefan sie heute sehen und sprechen wollte.

»Wir sind schon in Südtirol!«, schrie David fröhlich. Maria schaute aus dem Fenster und sah die kleinen Weinberge, die Oliven- und Pfirsichbäume, irgendwie sah dort vieles so aus wie in ihrer Heimat. Sie dachte an ihre Heimat und an die Weintraubenplantage. Damals war sie 14 Jahre alt gewesen, sie war bei Daniel und Maia, sie fuhren zu ihrer Datscha und nahmen Maria mit. Thoma, ein Nachbarssohn, wollte Maria die schöne Weinfelder seines Heimatortes zeigen. Mit verbundenen Augen lief Maria neben Thoma, er hatte Marias Hand in seiner Hand. Er ließ Maria stehen, ging hinter ihren Rücken und befreite ihre Augen von ihrem blauen Schal. Maria traute ihren Augen nicht als sie die vor ihr in der Sonne liegende Weintrauben sah, sie schrie vor Freude und lief durch die Weintraubenplantage. Thoma schaute sie lachend an und lief hinter ihr her, sie liefen schreiend und lachend, bis sie die auf sie fallenden Regentropfen spürten, die mehr und mehr wurden. Es donnerte und es fing richtig zu regnen an. »Nach Hause zu gehen macht keinen Sinn, wir werden ganz nass«, sagte Thoma, nahm Marias Hand und fuhr fort: »Komm, hier ist eine Winzerhütte und wir laufen dorthin.« Sie schrien, lachten und liefen Hand in Hand zur Hütte, sie liefen die schmale Holztreppe hinauf und retteten sich vor dem Regen, sie waren halb nass, draußen donnerte und regnete es sehr stark. Sie zogen die nassen Kleider schnell aus, ließen sie über den Stühlen hängen, und als sie einander anschauten, wurden beide rot. Sie sahen zum ersten Mal, was für ein Unterschied zwischen einem weiblichen und einem männlichen Körper war, sie waren ganz still und betrachteten einander lange sehr neugierig. Thoma fasste seinen Mut zusammen und ging langsam zu Maria, er berührte zart und ängstlich ihren Busen, er hörte, wie stark Marias Herz schlug und hörte auch seinen Herzschlag, er küsste vorsichtig Marias süße Lippen und streichelte ihre schöne Haare. Sie legten sich nebeneinander auf den Holzboden, in seiner Hand hatte er Marias Hand, und die beiden warteten, ohne etwas zu sagen, wann es zu regnen aufhörte.

»Wir sind schon da«, hörte Maria Katarinas Stimme. Sie sah, dass David sie im Rückspiegel betrachtete und lachte. »Marie, wo warst du gerade?« Er kannte Maria gut und wusste, dass sie in ihre Gedanken versunken war. Das Auto liessen sie auf einem Parkplatz stehen und liefen alle zum See, sie waren zum ersten Mal am Gardasee und waren von der Schönheit der Natur begeistert. Es war ein sonniger Tag, die blaue Farbe dominierte am Horizont, das stolze Gebirge stand zwischen dem blauen Himmel und den leicht tanzenden blauen Wellen.

Sie merkten, dass Paul und Katharina immer nebeneinander liefen und wie sie versuchten, bei jeder Gelegenheit zusammen zu zweit zu bleiben. Sie saßen am Strand und redeten leise. Maria, Tamara und David gingen zum Seehafen, sie wollten heute mit dem Schiff nach Sirmione fahren. Das Schiff fuhr um fünfzehn Uhr. Sie hatten viel Zeit und liefen zum Campingplatz zurück. Dort waren schon Katharina und Paul und bauten das Zelt auf. »Ihr seht wie zwei Schwalben aus, die miteinander zwitschern und für den Nachwuchs das Netz bauen«, sagte David zu ihnen und alle lachten. Katharina und Paul bastelten weiter am Zelt. Sie sagten nichts. Sie hatten zwei Zelte dabei, in einem Zelt gab es für drei Schlafsäcke Platz, das zweite Zelt war für zwei Personen. Sie waren mit dem Aufbauen der

Zelte fertig und gingen zum Mittagessen ins Restaurant. Das Restaurant war bei den Touristen sehr beliebt. Es lag direkt am Ufer. Sie suchten sich auf der Terrasse schöne Plätze, und als erstes Mittagessen in Bella Italia bestellten sie ihre Lieblingspizzas. Als Nachtisch nahm Tamara und Katharina Eis, Maria bestellte Tiramisu. David und Paul tranken nur Espresso.

Es war halb drei und sie gingen langsam zum Hafen. Sie waren schon auf dem Schiff, und mit leuchtenden Augen betrachteten sie den schönen Anblick. Katharina und Paul gingen in das Schiff und suchten einen gemütlichen Platz für sich. »Ich denke, heute Nacht muss ich in eurem Zelt übernachten«, sagte David lachend und schaute die neben ihm stehende Maria und Tamara an. Sie lachten fröhlich, als sie merkten, wie das Schiff sich der Insel näherte. Sie liefen hoch zum antiken Platz von Sirmione. Sie gingen zwischen den alten, wertvollen herumliegenden großen Steinen und zwischen den Ruinen, der noch übrig gebliebene Teil des Palastes, der mit seiner orange-weißen Farbe stolz zum Himmel blickte. Sie liefen langsam und betrachteten neugierig von einem Zaun aus die sie umgebende antike Welt, wo die alte Philosophen ihre Freizeit genossen und dem Denken widmeten. Am Abend waren sie so sehr müde, dass sie alle nur ans Schlafen dachten.

Am Morgen kauften Maria, David und Tamara in einem kleinen Campingladen Eier, Brötchen, Marmelade, Käse, Milch und Butter zum Frühstück. Sie deckten den kleinen Plastiktisch. Maria und Tamara saßen schon am Tisch und redeten mit David, der an einem ganz winzigen Gaskocher stand und Kaffee kochte. Maria und Tamara sahen, wie Katharina und Paul nacheinander aus dem Zelt herauskamen. »Jetzt«, sagte Tamara David. Sie klatschten, schrien feierlich und warfen auf Katharina und Paul die kleinen bunten Papierstücke, die sie im Geschäft gekauft hatten. Sie nahmen die Plätze ein und saßen um den Tisch auf den verschiedenen kleinen Plastikstühlchen. »Oh, nein, wie konnte ich das bloß machen?«, fragte sich David scherzend, als er merkte, dass er zwischen Katharina und Paul saß. Er stand sofort auf, bot Paul seinen Platz an und ging mit seinem Stuhl auf die andere Seite, wo Maria und Tamara saßen und ihn fröhlich anschauten. Er goss den Kaffee in die bunten Tassen ein, fragte: »Und, wie war eure Nacht? Habt ihr gut geschlafen?« und schaute mit lachenden Augen das frischgebackene Paar an. Alle lachten und genossen gemeinsam das Frühstück bei einer Campinghochzeit.

David war ein gebürtiger Münchner. Seine Mama war Lehrerin, der Vater war Psychotherapeut und arbeitete in seiner Privatpraxis. Er wuchs mit seinen zwei älteren Geschwistern in einem der Stadt nahe gelegenen Haus auf. Viel Liebe, Aufmerksamkeit und Geborgenheit bekamen die Kinder von den Eltern. Er studierte Psychologie im zweiten Semester. In einer Vorlesung Anfang des Semesters saß er neben Maria. Er fragte sie, in welchem Semester sie war. Maria antwortete ihm mit ihrem süßen Lächeln und sagte, dass der Vorlesung ihre erste Vorlesung an einer deutschen Universität war. David war seit seiner Kindheit ein großer Liebhaber der fremden Kulturen, jedes Jahr verbrachte seine ganze Familie gemeinsam die Ferien in verschiedenen Ländern. Die ganze Vorlesung war David mit dem Gedanken beschäftigt, aus welchem Land Maria kommen könnte, ihr Akzent klang für ihn sehr fremd.

»Hast du Lust, mit mir Kaffee zu trinken?«, fragte er nach dem Ende der Vorlesung sofort Maria. »Nein, Kaffee nicht, aber heiße Schokolade gerne«, sagte sie lachend. »Ja, sehr schön. Ich bin David, und wie heißt du?«, fragte er. »Ich bin Maria.« Ein paar Stunden saßen sie in einem Café, redeten und lachten miteinander.

Dort erfuhr David, dass Maria seit fünf Monaten in München wohnte. Helena hatte eine Agentur und leitete mit Marias Land ein Austauschprogramm für junge Leute. So oft sie dort war, übernachtete sie immer in Daniels Hotel. Von Daniel erfuhr sie über Maria und half ihr, nach München zu kommen. Ganz am Anfang wohnte Maria bei Helena, die eine WG mit ihrer Studienfreundin Hanna teilte.

Seit diesem Tag trafen Maria und David sehr oft einander. Bei Davids Geburtstag lernte sie Paul kennen. Paul wuchs ohne Vater auf, seine Mama wusste nicht, wo der Vater ihres Kindes war. Sie war im Urlaub, als sie in einem Nachtklub die ganze Zeit mit einem gut aussehenden unbekannten Mann tanzte, mit dem sie danach zum Strand ging und nach ein paar Wochen merkte, dass sie schwanger war. Paul war mit David in eine Klasse gegangen und die beiden verband eine lange Freundschaft. Katharina war auch beim Geburtstag, sie war Davids Nachbarin und wohnte zwei Häuser weiter. Ihre Mama arbeitete mit Davids Mama zusammen in einer Schule. Ihr Vater wohnte mit seiner zweiten Familie in einem kleinen Dorf, wo Katharina fast jedes Wochenende verbrachte. Tamara war mit ihrer deutschen Mama und mit ihrem italienischen Vater in Marias Land, die Familie verbrachte ihren Weihnachtsurlaub dort. Die ganzen zehn Tage übernachtete die Familie im Daniels Hotel. Maria war mit Daniel in der Hauptstadt, sie hatten mit Helena eine Besprechung im Hotel. Dort lernte Maria Tamara kennen. Als sie erfuhr, dass Maria zum Studieren nach München gehen wollte, tauschten sie ihre Kontaktdaten.

David merkte, wie vorsichtig Paul Katharinas Hand nahm und küsste. Er lachte, dann überlegte er etwas und fragte, wer wann und wie den ersten Kuss erlebt hatte. Maria erzählte, wie sie als Vierjährige von einem sechs Jahre alten Jungen, dessen Vater mit Daniel befreundet war und der eine Woche mit Daniel bei Marias Groß-Eltern Urlaub machte, unerwartet beim Spielen geküsst worden war und dass sie ihm nach dem Kuss nicht mehr erlaubt hatte, ihr Freund zu sein und er nicht mehr mit ihr spielen durfte. »David, du hast bestimmt viele lustige Erinnerungen von deiner Schulzeit. Erzähl mal, was du alles angestellt hast!«, sagte Tamara lachend.

David lachte und erzählte, dass er dreizehn Jahre alt gewesen war, als er unbedingt eine Freundin haben wollte. Damit wollte er zeigen, dass er ein großer Junge war. Er wählte ein hübsches Mädchen aus seiner Schule aus und beichtete ihr, was er für sie empfand. Nach der Schule trafen sie einander oft, er wollte, dass sie glaubte, wie schwer verliebt David in sie war. Vor jedem Treffen schnitt er eine Zwiebel auf, mit den Händen mischte er die Ringe zusammen, dann massierte er seine Augen und so weinend ging er zu ihr. »Übrigens, Paul war ernsthaft in sie verliebt und hat sie einmal sogar geküsst. Und wie er es gemacht hat. Der Kuss änderte uns beide und machte aus uns richtig brave Jungs.« Paul hatte Katharinas Hand in seiner Hand und lachte zurückhaltend. »Na, Paul, magst du das erzählen oder soll ich es machen?«, fragte David und lachte. Paul dachte kurz nach und erzählte. »Wir waren bei einer Geburtstagsparty von unserer Schulfreundin. Das Mädchen war auch dabei. Sie hatte schon rausgekriegt, dass David mit ihr nur spielte. Sie war ein sehr nettes Mädchen, höflich und sehr ehrlich. Dabei war sie auch sehr hübsch. Sie trug fast immer einen Pferdeschwanz und zeigte ihr hübsches Gesicht. Ich war schon in sie verliebt und konnte meine Augen nicht von ihrem Gesicht lassen. Wenn sie redete, bewegten ihre Lippen sich unheimlich süß. Ich konnte ihr nicht sagen, dass ich sie liebe. Ich war Davids Freund, und seit der Liebesgeschichte mit David vertraute sie uns gar nicht mehr. Nach der Geburtstagsfeier waren wir alle auf der Straße und wollten nach Hause gehen. Ich tat so, als wollte ich mich von ihr verabschieden und ihr auf die Wangen einen Abschiedskuss geben. Es war schon dunkel, wir standen alle zusammen und redeten laut miteinander. Ich wusste, dass es niemand sehen konnte, nutzte die Möglichkeit und küsste sie statt auf die Wangen auf ihre süßen Lippen. Sie hat nichts gesagt, blieb ganz still und schaute mir in die Augen. Sie sah mich einfach nur an und ich merkte, wie rot ich geworden bin und wie sehr ich mich geschämt habe«, sagte Paul und küsste Katharinas Hand.

Nach dem Frühstück gingen sie zum See. Den ganzen Tag wollten sie am Strand faulenzen. Es war ein herrlicher Tag. Die Sonne war sehr glücklich und wollte ihr Glück mit der Erde teilen. Heute wollte sie einfach mit der Erde vereint werden. Ihre glühenden Strahlen schickte sie zum See und ließ sie mit seinen leichten Wellen zusammen tanzen. Die Wellen des Sees spürten, wie die heißen Sonnenstrahlen ihnen fröhlich zublinzelten, wie sie mit ihnen lachten und wie sie auf ihnen fröhlich hin und her sprangen, als wollten sie von ihnen umarmt werden. Sie schwammen im See, lagen unter einem Sonnenschirm und genossen das schöne Wetter voll. Sie hörten die fröhliche Stimme von den jungen Menschen, die am Spielplatz Beachvolleyball spielten. »Ich gehe zum Spielen, wer kommt mit?«, fragte David. Maria und Tamara standen auf, Katharina und Paul wollten nicht mitspielen und blieben am Strand. David schaute sie an, lachte und sagte: »Ihr holt alles nach, ihr kennt euch seit eurer Kindheit, wo wart ihr eigentlich so lange?« Sie lachten und gingen zum Spielen.

Am dritten Tag fuhren sie mit dem Auto nach Malcesine. Sie gingen langsam auf die Burg und schauten neugierig die schöne Architektur an, die sich zwischen den Alpen, dem See und dem Himmel stolz präsentierte. In der Burg war eine Fotoausstellung, die Bilder zeigten einzeln jedes Detail von Michelangelos David. Sie betrachteten die Schönheit dieses Meisterwerks und waren tief beeindruckt. Sie schrieben ihre Namen ins Gästebuch. Maria lachte nett, als sie im Buch einen Namen, geschrieben in der Schrift ihres Landes, las. Sie fand es toll, machte das nach, und so verschönten zwei Namen in Marias Muttersprache das Gästebuch. Sie waren schon unten im Hof, als Marias Handy klingelte. David stand neben Goethes Denkmal, er legte seine Hand auf Goethes Schulter, machte ein ernstes Gesicht und sagte: »David trifft den Goliath!« David sah, dass Maria nach dem Telefongespräch ihnen etwas sagen wollte, er unterbrach sie und fragte rasch: »War das Johann?« Maria lachte und antwortete: »Nein, das war Niko. Ich werde morgen alleine zurück nach München fahren.«

Niko hatte sehr unerwartet eine Stelle als Gastdozent an der Pariser Kunstakademie bekommen. Seine Freunde organisierten für ihn eine Abschiedsparty, die Party fand im Kunsthaus statt. Stefan war dort, er wusste, dass Niko und Maria in der letzten Zeit bei fast jeder Veranstaltung gemeinsam erschienen. Er hoffte, heute Abend Maria wiederzusehen. Als er in den Saal hineinging, sah er, wie Niko mit ein paar Freunden redete, neben ihm stand nicht Maria. Stefan suchte mit den Augen Maria die ganze Zeit unter den anwesenden Gästen, er ging auf die Terrasse in der Hoffnung, sie dort zu begegnen. Morgen Früh schon würde Niko nach Frankreich reisen, und Stefan war ziemlich sicher, dass Maria heute Abend hier sein würde. Draußen standen ihm bekannte Geschäftsleute und tranken Wein, er wurde nervös, als er Maria nirgends finden konnte.

Maria war noch am Gardasee gewesen, als Niko ihr mitteilte, dass er nach Paris ziehen würde. Er wünschte sich sehr, dass Maria auf dem Abschiedsfest dabei sein werde. Maria wollte ihn auch sehen und fuhr allein mit dem Zug nach Hause, weil ihre Freunde bis Montag in Garda bleiben wollten.

Stefan sah von der Terrasse aus, wie Niko schnell das Kunsthaus verließ, sich ins Auto setzte und losfuhr. Niko wollte Maria vom Bahnhof abholen und fuhr dorthin. Als Maria auf dem Bahnsteig Niko sah, lachte sie ihm zu und sagte: »Alle wollt ihr von mir weg gehen. Wieso tut ihr mir das an?« und zeigte ein weinendes Gesicht. Sie umarmte Niko, der mit ausgebreiteten Armen schon auf sie wartete. »Komm mit, du magst doch Paris sehr!«, erwiderte Niko scherzend. »Wenn ich mit dem Studium fertig bin, dann werde ich auch nach Paris umziehen«, sagte sie. Sie lachten und gingen zum Auto. Niko fuhr Maria zu ihr nach Hause, sie duschte sich, machte sich fertig und ging ins Wohnzimmer, wo Niko auf sie wartete. Er stand vor dem Bildnis, betrachtete Marias Gesicht und sprach zu sich selbst: »Eduard, komm endlich zurück.« Er sah, wie Maria das Zimmer betrat, er lächelte sie an. »Komm wir gehen jetzt, sonst werden die Gäste auf meiner Abschiedsparty ohne mich feiern«, sagte er ihr, legte ihr den Arm um die Schulter und gingen zum Auto.

Stefan war noch auf der Terrasse, er dachte an Maria und an den Abend, als er sie hier noch einmal getroffen hatte. Er hörte, dass vor dem Haus jemand ein Auto anhielt, er schaute hinunter und bemerkte Nikos Wagen. Er freute sich sehr, als er sah, wie Maria mit einem kurzen, roten Kleid, auf dem viele kleine weiße Punkte miteinander tanzten, aus dem Wagen ausstieg. Er konnte seine Augen nicht von Maria lassen, er war innerlich sehr aufgeregt. Er wusste selbst nicht, ob Maria für ihn einfach ein Spielzeug war wie alle anderen Frauen oder ob mit ihm etwas Ernstes passierte. Mit Maria war irgendwie alles anders, er empfand schon etwas für sie, was er bis jetzt bei keiner Frau gespürt hatte. So oft er Maria ansah, wirkte sein Gesicht ruhig und entspannt. Er betrachtete ihr Gesicht mit strahlenden Augen, und so oft er in ihrer Nahe war, fühlte er ihre Wärme. Maria war sehr empfindsam, sie konnte jeden Blick, der auf sie gerichtet war, sofort wahrnehmen. Sie spürte die fremde Energie, die von der Terrasse zu ihr floss und blickte nach oben. Sie sah, wie Stefan sie betrachtete, ihr zulächelte und sie mit einem Winken liebenswürdig begrüßte. Sie lächelte zurück und ging mit Niko ins Haus hinein. Maria stand neben Amanda, als Stefan hereinkam. Er schaute Maria an, wie sie mit Amanda redete, wie sie deren großen Babybauch – der Geburtstermin war bereits in einem Monat – zärtlich berührte. Wie die beiden Frauen fröhlich lachten. Alex ging zu Amanda, er begrüßte Maria und küsste sie auf die Wangen. Amanda war schon sehr müde und wollte nach Hause gehen. Alex nahm sie fürsorglich beim Arm und die beiden verließen das Haus. Maria wollte zu Niko laufen, der mit seinen zwei Freunden an der Bar stand, Wein trank und mit ihnen lebhaft diskutierte. Sie spürte, dass jemand ihre Hand berührte, sie drehte ihren Kopf und sah den hinter ihr stehenden Stefan, der sie mit warmen Augen ansah und nett lächelte. »Dein Gesicht hat Farbe bekommen, warst du im Urlaub?«, fragte er. »Ja, ich komme direkt vom Gardasee. Ich war dort, als Niko mich anrief und mir seine Abreise mitteilte«, antwortete sie und lachte mit ihrem süßen Lächeln. »Er hat Glück gehabt. An der Pariser Kunstakademie eine Stelle zu bekommen ist nicht einfach«, sagte er und fuhr fort: »Warst du schon in Paris?« »Ja, schon mehrmals. Ich liebe diese Stadt sehr«, antwortete sie und blieb ganz still. Sie dachte an Eduard und an die gemeinsame Zeit. Stefan merkte, wie nachdenklich sie plötzlich wurde. »Es scheint mir, als hättest du eine innere Verbindung mit Paris«, sagte er. »Ja, ich habe einen sehr guten Freund, der aus Paris kommt «, sagte Maria und merkte, wie Stefan sich während des Gesprächs immer wieder auf seine Lippen biss. Wenn er in Marias Nähe war, schrie seine innere Stimme nach ihr, sein Körper verlangte von ihm die Berührung dieser puren Weiblichkeit. Er bekam unglaublich große Lust, sie zu küssen, zu streicheln, seine Augen betrachteten Maria von Kopf bis Fuß. Ihre

Reize, ihre weibliche Rundungen entfachten in ihm ein erotisches Feuer, dessen Flamme stark aus seinem ganzen Körper leuchtete.

Niko beobachtete den neben Maria stehenden Stefan, er merkte, wie gereizt dieser von ihr war. Er ging zu ihnen, nahm Marias Hand in seine Hand, küsste sie darauf und sagte lachend zu ihr: »Du langweilst dich bestimmt nicht mit Stefan.« Maria sagte nichts, sie lächelte nur. »Ich hatte eine schöne Überraschung für dich, ich habe für uns Karten für ein Konzert besorgt, eine Tanzgruppe aus deiner Heimat hat am Donnerstag eine Aufführung im Staatstheater.« »Was?« schrie Maria fröhlich. Niko und Stefan lachten nett, als sie auf Marias Gesicht die Freude lasen. »Ich wollte mit dir dorthin gehen. Die Antwort auf meine Bewerbung ist unerwartet, sehr schnell gekommen. Vielleicht nimmst du einen Freund oder eine Freundin mit, aber sie sollen nicht um die Karte streiten«, sagte er lachend und gab ihr die Karten, die er gerade aus der Anzugtasche herausnahm. »Danke, Niko, wenn ich das Konzert besuche, werde ich nur an dich denken«, sagte sie und schaute ihn mit lachenden Augen an. »Ich werde dich vermissen«, sagte Niko zu Maria und umarmte sie ganz fest. »Ich werde dich auch vermissen«, murmelte Maria in seinen Armen. »Pass gut auf dich auf! Weißt du eigentlich, wovor Eduard Angst hatte? Du weißt, er vergöttert dich, du darfst nicht auf ihn sauer sein, aber das bist du eigentlich auch nicht. Er war nicht sicher, ob er gut genug für dich ist, er sagte mir, dass ich auf dich aufpassen muss, und jetzt lasse ich dich alleine.« Niko war schon betrunken, er redete viel und offen. Alles, was er merkte, waren Marias Tränen, die über ihr hübsches Gesicht liefen. Er wischte mit seiner Hand ihre Tränen ab und sprach weiter: »Eduard tat es immer schrecklich weh, wenn er dich weinend sah.« »Oh, Niko, wenn du wüsstest, wie sehr ich ihn vermisse und wie sehr ich seine Nähe liebe«, sagte sie weinend und lehnte sich an Nikos Brust.

Stefan stand dort, er sah, wie gefühlvoll, leidenschaftlich und zerbrechlich Maria war; irgendwie gefiel ihm das alles, obwohl ihm tiefe Gefühle immer fremd gewesen waren. Er hatte schon so oft von Eduard gehört und er merkte, wie wichtig dieser Mensch für Maria war. »Niko, ich bin schon sehr müde, bleibst du noch lange hier? Ich würde gerne nach Hause gehen.«»Ja, Mon Cheri, so nannte dich Eduard immer, wir gehen, ich muss morgen sehr früh aus dem Haus«, sagte er und wollte mit Maria hinausgehen, als der Direktor des Kunsthauses zu ihm kam und mit ihm etwas besprechen wollte. »Ich begleite Maria, du kannst ruhig mit ihm sprechen«, sagte Stefan zu Niko. Maria und Niko umarmten sich herzlich. »Pass auf dich auf gut!«, sagte Niko ihr und ging mit schweren Schritten zum Direktor, der schon auf ihn wartete. Maria und Stefan verliessen das Kunsthaus. Sie liefen zum Taxistand. »Maria, ich würde dich gerne ins Konzert begleiten, wenn du nichts dagegen hast, mich interessiert die Kultur deines Volkes«, sagte Stefan zu ihr und berührte vorsichtig ihre Hand. »Ja, gerne. Du kannst mitkommen«, sagte sie und lächelte dabei süß. Obwohl es für Maria nicht einfach war, neben Eduard in ihrem Herz für einen anderen Mann einen Platz zu finden, merkte sie, dass Stefan sich ihr bei jedem Treffen immer mehr näherte, irgendwie war seine Anwesenheit für sie angenehm und sie fühlte sich neben ihm schon wohl.

Manchmal tanzten sie in langen weißen Kleidern, mit einer Prinzessinnenkrone auf dem Kopf, zwei lange Zöpfe hingen ihr über den Rücken. Manchmal waren sie nur einfache Bauersfrauen, die fröhlich ihre aus dem Feld zurückkommenden Männer begrüßten und ihnen mit ihrem lauten Lachen das Leben schön und einfach machten. Manchmal waren sie einfach nur Frauen, die die Blicke der Männer auf sich lenkten und sie so lange reizten, bis sie mit ihnen tanzten. Manchmal waren sie nur Göttinnen, die von den Kriegshelden, die auf ihre Gnade warteten, angebetet sein wollten. Zwei Stunden verbrachte Maria in ihrer Heimat, sie war auf eine schönen Reise. Sie betrachtete mit funkelnden Augen den Tanz, der die Tradition ihres alten Kulturvolkes auf einer fremden Bühne lebhaft darstellte, sie hörte der fröhlichen, angenehmen, tief berührenden Musik ihres Landes zu. Sie sah, wie die jungen Frauen und Männer zu dieser einzigartigen Musik ihre Arme und Beine rhythmisch hin- und herbewegten, und sie versank in einer märchenhaften Welt, die ihre ganze Kindheit traumhaft schön geprägt hatte. Stefan war mit ihr dort, für ihn zeigte nicht die Bühne das zauberhafte Leben, sondern die neben ihm sitzende junge Frau, die ein untrennbarer Teil dieser fremden Kultur war. Er betrachtete lange Marias hübsches Gesicht, das von einer glühenden inneren Leidenschaft erfasst war.

Die Nacht war angenehm warm, ein schwarzer Vorhang hing am Himmel, der mit vielen kleinen, hell leuchtenden Sternen bemalt war. Maria und Stefan liefen ganz still durch die langen, breiten Straßen. Sie dachte an Eduard, mit ihm zusammen zu sein war immer so interessant, sie redeten über verschiedene Dingen, sie scherzten und lachten sehr viel miteinander. Neben Stefan spürte sie eine Leere, Stefan redete nicht viel, und wenn er etwas sagte, erzählte er meistens über sich. So wußte Maria, wann er seine Schwester besucht hatte, in welchem Fitnessstudio er Mitglied war. Maria merkte, dass alles, was Stefan über sie wissen wollte, nur ihr Studium betraf. Er fragte sie nie über ihr Leben aus oder was sie gerne in ihrer Freizeit trieb. Aber sie sah, dass Stefan an ihrem Körper sehr interessiert war, sie hörte von ihm, ein wie schönes Kleid sie anhatte, was für eine schöne Frau sie war. Maria wusste, dass Stefan Eduard nie ersetzen konnte, er war nicht der Mann, den sie sich so sehr wünschte. Die starke Sehnsucht nach Eduard, die fehlende männliche Wärme, die für sie immer so wichtig war, war der Grund, weshalb sie Stefan die Möglichkeit gab, neben ihr zu sein. Sie merkte, dass er irgendwie merkwürdig anders war, sie dachte: »Er braucht einfach Zeit.« Was sie nicht merkte war, dass er nicht ihre schöne Seele, sondern nur ihren nackten Körper brauchte.

Maria war schon in ihn verliebt, sie brauchte ihn, seine Nähe, seine Berührung. Bei einem Treffen erzählte sie Stefan, was sie für ihn empfand und dass sie mit diesen Gefühlen alleine nicht klar kam. Bei diesem Gespräch fragte Stefan sie über ihre Intimbeziehung aus. Maria erzählte ihm über Eduard, über die schöne, gemeinsame Zeit mit ihm, sie erzählte, wie Eduard kurz vor der Gründung einer Familie einen anderen Weg wählte und dass er seit mehr als einem Jahr im Kloster lebte. Auf Stefans Frage, ob für sie Eduard der erste Mann war oder sie vor ihm andere Männer gehabt hatte, sagte ihm Maria, dass sie eine ernste Beziehung nur mit Eduard hatte und dass sie das sexuelle Leben nach der Hochzeit ausleben wollte. Stefan traute seine

Ohren nicht, vor ihm stand eine Frau, die ihn durch ihre pure Weiblichkeit, durch ihre Reize sexuell und erotisch wahnsinnig machte, und diese Frau war eine Jungfrau.

Nach diesem Treffen entfremdete sich Stefan von Maria. Er wusste, dass sie ihn liebte, dass sie ihn brauchte, er kannte Maria und wusste, wie zerbrechlich sie war. Er wusste auch, wie sehr sie darunter litt, als er sie wegwarf. Maria verstand nicht, weshalb Stefan von ihr weglief, er antwortete auf ihre Briefe nicht mehr und lehnte alle ihre Anrufe ab. Maria schrieb ihm, wie sehr sie ihn liebe und vermisse, wie traurig sie sei, weil sie diese Liebe zu ihm begraben musste. Diese unerfüllte Liebe machte sie todunglücklich, diese zerstörerische Liebe saugte ihr ganzes Blut und machte sie sehr krank. Sie aß in letzter Zeit kaum, sie hustete viel, sie spürte den tiefen Schmerz ihrer Lungen, sie konnte nicht mehr richtig atmen, sie war verzweifelt. Sie dachte an ihr vergangenes Leben, wie oft sie alleine vor den Schmerzen gestanden hatte, wie oft sie es geschafft hatte, ihr Leid zu überwinden. Sie kämpfte wie eine Löwin, Schritt für Schritt sammelte sie ihre Kräfte, sie wollte dieses Leid besiegen.

Täglich öffnete sie ihr Postfach, sie hoffte, dass Eduard ihr endlich schrieb, wie sehr hätte sie jetzt seine Nähe gebraucht. An einem Abend sah sie eine neue Mitteilung, die Nachricht war nicht von Eduard, sondern von Stefan, mit zitternden Finger öffnete sie die E-Mail. Ihre Augen füllten sich mit Tränen, als sie den Brief las. Sie bedeckte ihren schönen Mund mit der Hand, als sie den Satz »Liebe Maria, ich möchte dir sagen, wie froh ich bin, dass ich von dir keine Briefe mehr bekomme« las. Sie stand auf und ging zum Fenster, sie machte das Fenster auf, mit beiden Armen drückte sie ganz fest auf ihren Bauch, in dem ihre ganze innere Organen vom Schmerz brannten, dann brüllte sie einmal ganz laut und fiel ohnmächtig zu Boden. Nach kurzer Zeit kam sie zur Besinnung, sie spürte, wie Ameisen ihren schönen Körper überfielen, wie sie ganz frech hin und her liefen, wie sie sich sammelten und wie der gesammelte Ameisenberg in ihrem Hals stecken blieb. Sie legte sich aufs Bett, sie weinte, sie brüllte und sie schrie laut und ununterbrochen:»Wieso! Wieso!« Sie schrieb ihm unzählige Liebesbriefe, die alle bis zum heutigen Abend ohne Antwort geblieben waren. Sie schrieb ihm viele warme Worte, Worte, die von ihrem verliebten Herzen kamen, die ihn zärtlich umarmten, küssten, und er antwortete auf die Briefe nur einmal, und das auch erst nach zwei Monaten, und er war sehr glücklich, dass er solche Briefe nicht mehr lesen sollte. Marias Leid war unendlich, sie konnte es nicht mehr besiegen, der Schmerz war zu tief. Sie wollte schlafen und nahm in kurzer Zeit mehrere Schlaftabletten nacheinander. Ihre Nerven waren zerrissen, und die gönnten ihr keinen Schlaf. Trotz starker Schlafmittel konnte sie nicht einschlafen, sie wollte alles vergessen, und dafür brauchte sie den Schlaf. Sie lief die Treppen hinunter und ging in die Küche. Sie machte den Kühlschrank auf und nahm den Weißwein heraus. Diese Flasche war die letzte, die von dem Wein übrig geblieben war, den sie aus ihrer Heimat mitgenommen hatte. Wie sehr mochte Eduard diesen Wein, dachte sie, dann öffnete sie die Flasche, goss den Wein ins Glas ein und trank ihn ohne Pause. Sie ließ das Glas auf dem Tisch stehen, nahm die Flasche und lief weintrinkend ganz langsam zum Schlafzimmer hoch. Sie merkte, dass der Alkohol schon hemmend auf sie wirkte, sie fasste mit der linken Hand nach dem Treppengeländer. Ihre Beine wurden schwer, sie sah den Nebel, der um sie tanzte, sie machte unbewusst schlagartig die Tür des Schlafzimmers auf und sank auf den Boden. Mit der Hand suchte sie das Bett und versuchte, darauf zuklettern.

Am frühen Morgen regnete es stark. David stand vor Marias Tor. Für heute Abend waren sie bei Katharina und Paul eingeladen, er war mit Maria verabredet, sie wollten ein Geschenk für das frischgebackene Paar besorgen. Er klingelte am Tor und erschrak, als er die vielen Rabenvögel sah, die um Marias Haus flogen, die auf den Fliederbäumen saßen und die mit unangenehmen Stimmen krächzten.

In Marias Heimat nannten die Menschen die ums Haus kreisenden Rabenvögel die Vögel des Todes, die den Tod des Bewohners vorhersagten. David klingelte wieder, Maria öffnete das Tor nicht. Er rief sie an, sie antwortete nicht. Er ging um den Garten herum und sah das durch das offene Fenster in Marias Schlafzimmer fließende Regenwasser. Er hatte kein gutes Gefühl, er lief zurück zum Tor, sprang darüber und lief zur Terrasse. Er versuchte, in Marias Schlafzimmer zu klettern. Der Regen hörte nicht auf, es regnete weiter stark. Die Wohnzimmertür war unter Marias Fenster, die Tür hatte einen Sonnenschutz aus Holz. Der Sonnenschutz sah so aus wie eine Dachtreppe, David kletterte darauf empor. Die Regentropfen liefen ihm in die Augen, mit seinen Händen fasste er das Fensterbrett und schaute ins Zimmer hinein. Der Anblick des Schlafzimmers erschreckte ihn, er sah die auf dem Bett liegende Maria, in einer Hand hatte sie die Weinflasche, auf dem Boden neben dem Bett lag eine kleine Medizinflasche. Er holte tief Luft und schrie laut: »Maria, Maria!« Maria antwortete nicht. Er kletterte ins Zimmer hinein, lief zu Maria und schrie laut auf vor Schmerzen, als er merkte, dass sie bewusstlos war. Er rief von Marias Handy aus den Notruf an und sagte mit zitternder und weinender Stimmen, dass eine Freundin von ihm sich das Leben genommen habe. Er las Stefans Mail, die noch offen war. Er war so wütend, so empört über ihn. Er schaute Maria mit traurigen Augen an und sagte: »Wie kann ein Mensch so kaltblütig, so herzlos sein?!« Er hatte diese ganze Liebesgeschichte miterlebt, er gehörte zu den Freunden, die immer neben Maria standen, die ihr bei diesem Unglück halfen und die versuchten, ihre strahlende, sonnige Freundin zurück ins Leben zu holen. Drei Tage versuchten die Ärzte sie zu beleben, in dieser Zeit, als sie im Krankenhaus lag, feierte Stefan den Erfolg seiner Firma.

Maria überlebte den Selbstmordversuch, sie war nicht tot, aber sie lag auf dem Bett wie eine Leiche, eine Leiche ohne Gefühl. Sie machte ihre Augen bewusst nicht auf, weil sie Angst hatte, auf die bittere Realität zu blicken. An dem Tag, als der Krankenwagen Maria ins Krankenhaus brachte, telefonierte Tamara mit Daniel und erzählte ihm, wie schlimm ihr Zustand war. Maria sah die Sorge ihrer Freunde, sie kriegte alles mit, wie die Ärzte sie anschauten und sagten, dass ihre Blutanalyse nicht ganz gut war. Alle warteten, wann sie endlich ihre Augen aufmachen und reden würde, sie wusste das, aber sie wollte nicht mehr weiterleben, sie wollte einfach nur sterben.

An einem Tag hörte sie Daniels Stimme, wie er mit Tamara englisch redete. Maria traute ihren Ohren nicht, Daniel war bei ihr. Sie spürte, wie zwei schöne, große, schwarze

Augen sie sehr traurig betrachteten, und sie spürte, wie die aus diesen tiefen, außergewöhnlichen Augen strömende Energie ihr Herz erwärmte, sie erkannte Onkel Gabriel und machte ihre vielsagenden Augen wieder auf.

Niemand wusste in Wirklichkeit, wer Onkel Gabriel war. Er war vor dreißig Jahren in die Berge gekommen, er hatte ein Grundstück gekauft und ein Haus gebaut. Er hatte eine einzigartige Seele, die immer aus seinen Augen leuchtete. Er hatte ein goldenes Herz, er verletzte mit seinem Handeln oder mit seinem Wort niemanden. »Das Herz der Menschen ist sehr empfindlich, es spürt und merkt jede Kleinigkeit, und es ist schade, wenn die Menschen bewusst oder unbewusst so oft einander verletzen«, sagte er. Das ganze Gemeinde schätzte ihn, er war sehr beliebt, obwohl er in seinem Haus ganz alleine wohnte, wurde er für jede Familie wie ein Familienmitglied. Er spürte das Leid von anderen wie sein eigenes Leid und er freute sich, wenn er die Menschen glücklich sah. Dieser besondere Onkel Gabriel stand jetzt vor Marias Krankenbett und betrachtete sie mit traurigen Augen. Daniel und Onkel Gabriel nahmen sie in die Berge mit. Maria brauchte die Ruhe, deshalb übernachtete sie nicht zu Hause, sondern bei Onkel Gabriel, die ganzen zwei Wochen lang lag sie im Bett. Onkel Gabriel sorgte für Maria, er kochte für sie, er wischte ihre Tränen ab, er versuchte sie zu beruhigen, wenn sie ununterbrochen weinte und brüllte. Er ließ sie nie alleine, er saß bei ihr im Zimmer und schaute traurig Marias Leid an. »Onkel Gabriel, ich habe Angst, ich weiß nicht, ob ich es überlebe. Wenn du wüsstest, wie unerträglich dieser Schmerz ist und wie sehr er mich leiden lässt«, sagte sie und schaute mit ihren schönen, traurigen Augen Onkel Gabriel an. Er sah, wie sehr sie litt, der Schmerz saß in ihr ganz tief, sie hatte ein gebrochenes Herz in ihrer Brust und es tat ihr schrecklich weh. Maria konnte nicht lange in ihrer Heimat bleiben, sie musste ihre Aufenthaltserlaubnis verlängern und fuhr erschöpft, sehr müde und ohne jede Lebenskraft zurück nach München.

Maria war am Boden zerstört, sie wurde von einem Mann wegen ihrer Jungfräulichkeit und Ehrlichkeit weggeworfen. In ihren Ohren schrien ununterbrochen die Worte von Stefan, der sie verachtungsvoll anschaute und sagte: »Weißt du, wie viele Frauen ich hatte? Ich wollte keine Beziehung mit dir, und wenn ich dich nehmen würde, würden wir beim Sex nicht zueinander passen, weil du so bist!« Stefans Reaktion auf Marias Unerfahrenheit war eine offene, blutende Wunde für sie. Mit ihren hoffnungslosen Augen blickte sie beleidigt und verletzt herum und wartete auf eine Rettung. Es schien ihr aber, dass alles und alle sich vor ihr versteckten und sie mit ihrem Leid ganz allein ließen. Stefans böser Geist vernichtete sie völlig, sie weinte, brüllte vor ihren tief verwurzelten seelischen Schmerzen und schrie endlos um Hilfe.

Es war eine kalte Novembernacht, Maria saß noch in der Bibliothek, sie arbeitete nicht, sondern dachte an das schmerzhafte Jahr. Sie dachte an den Mann, den sie so sehr liebte und der sie so unglücklich machte, es war neun Monate her, dass sie ihm das letzte Mal geschrieben hatte. Sie ging zu seinem Haus, sie wollte ihn endlich loslassen, sie stand unter seinem Fenster und sah das in seinem Zimmer brennende Licht an. Nach kurzer Zeit kam er zum Fenster, er schaute aus dem Fenster und bemerkte eine Frau, die in sein Zimmer blickte. Er traute seinen Augen nicht, als er die allein neben dem Baum stehende Maria erkannte, er ging nicht zu ihr, er blieb am Fenster stehen und betrachtete sie so lange, so lange sie nicht ging. Maria atmete tief, in ihren Augen standen die Tränen und sie hoffte, dass diese Nacht für sie ein neuer Anfang war.

Sie spürte in ihrem Körper einen Hormontanz, der von ihr einen Tanzpartner verlangte. Sie war verzweifelt, sie hatte Angst einem Mann zu erzählen, der an ihr interessiert war, dass sie unberührt war. Sie hatte Angst, weil sie unschuldig und sauber war. Stefans böswillige Art zerstörte ihre Würde, sie wollte ihre Unschuld wegwerfen, wie Stefan es getan hatte. Wie sehr träumte sie ihr ganzes Leben von einer schönen Nacht, die ihr die Geburt ihrer weiblichen Vollkommenheit schenken würde. Das einzige bunte Bild, das vor ihren Augen stehen blieb, war das Bild von ihren Groß-Eltern, die liebevoll und flammend einander in die Augen schauten. Dieses Bild war der Zeuge einer großen Liebe und versuchte Maria vor ihrer Entscheidung zu retten. In dieser Nacht konnte niemand sie mehr retten, ihre Jungfräulichkeit war ihr zum Verhängnis geworden und sie wollte sie endlich loshaben.

Sie liefen auf der dunklen Straße, Maria erzählte ihm, was sie wollte und weshalb sie es tat. Er betrachtete die vor ihm stehende wunderschöne junge Frau und las auf ihrem bildhübschen Gesicht ihre große Verzweiflung. Er schaute sie mitfühlend an und fragte: »Was für ein Mann war er, der dich wegen deiner Ehrlichkeit loswerden wollte?« Maria sagte nichts, sie antwortete mit ihren Tränen, die gnadenlos auf ihr unschuldiges Gesicht liefen. Sie wollte diese Nacht in ihrem Bett erleben, und so fuhren die beiden mit dem Taxi zu ihr. Er war von ihrer Geschichte tief berührt, er nahm ihre Hand und küsste sie zärtlich. Wie sehr wünschte sich Maria, dass Stefan vor ihrem Tor auf sie wartete und in letzter Minute vor diesem Schritt rettete. Der Taxifahrer hielt den Wagen vor Marias kleinem Häuschen, dort stand und wartete auf sie kein Stefan. Ihr Herz tat noch mehr weh, weil sie wusste, dass es kein Zurück mehr gab. Sie spürte, wie Ali ihre Hand berührte und stieg mit ihm aus dem Wagen.

Sie gingen ins Schlafzimmer. Maria zündete die Kerzen an, die ihr Zimmer aus jeder Ecke leuchten ließen, sie legte eine CD in den CD-Player und schaltete ihn an, im Zimmer war eine sanfte und leidenschaftliche Stimme zu hören. Als Maria aus dem Bad zurückkam, sah sie Ali auf ihrem schönen und breiten Bett sitzend, das in der Mitte des Zimmers stand. Er rauchte eine Zigarette, sein Gesicht zeigte, wie versunken er in seine Gedanken war. »Entschuldige, ich habe dich nicht gefragt, ob ich im Zimmer rauchen darf, ich konnte nicht warten, ich musste einfach rauchen«, sagte er nett und schaute Maria in ihre traurigen Augen. »Es ist in Ordnung, wir machen heute eine Ausnahme«, sagte sie und setzte sich neben ihn auf das Bett, sie teilten sich eine Zigarette und rauchten nacheinander. Ali berührte ihr Gesicht mit seiner männlich geprägten Hand sehr zärtlich, mit seinen langen und schönen Fingern zeichnete er vorsichtig die Konturen ihrer vollen Lippen nach und malte auf sie mit einem leidenschaftlichen, heißen Kuss ein funkelndes Feuer. Seine linke Hand schwamm unter ihr seidenes Negligé, er fasste ihren schönen, großen Busen zärtlich an, er küsste sie. Maria war von ihrem Hormontanz hingerissen, ihr süßer Mund war offen und ein seufzendes Atem trennte ihre Volllippen voneinander. Sie legte sich auf das Bett, Ali befreite langsam ihren schönen Körper aus dem feinen Kleidchen, er spielte mit seiner Hand um den Slip, mit seinen Finger zog er ihn vorsichtig hoch, er berührte ihre Vagina sanft, mit zartem Streicheln, mit Küssen zog er ihre kurze Unterhose aus. Ihre schönen weiblichen Rundungen, ihr weiß strahlender Körper, ihr bildhübsches Gesicht, das halb bedeckt von ihren langen, glatten Haaren noch leidenschaftlicher aussah, ihr leicht vibrierendes Atem machten Ali sehr glücklich. Er legte sich neben sie, er strich über ihre schönen Haare. Ganz langsam schob er die Haare vom Gesicht weg, er spielte mit seinen Lippen auf ihren Lippen, die wie zwei voreinander stehende kleine Berge aussahen. Er küsste ihre Lippen, ihre großen, vielsagenden Augen, die so leidenschaftlich zu ihm blickten, ihre schöne Nase, ihre kleinen Ohren, er küsste ihr ganzes Gesicht und konnte sich von ihm nicht trennen. Er schaute lieb in ihre tiefen Augen und sagte: »Du bist eine wunderschöne Frau.« Er streichelte ihr Gesicht, seine rechte Hand berührte ihren schönen Busen, er küsste ihn um die Brustwarzen herum, die tief gereizt nach oben blickten, er bedeckte ihren ganzen Körper mit seinen heißen, leidenschaftlichen Küssen. Maria seufzte, ihr Atem wurde heftiger, die Stimme ihres vibrierenden Atems und das Seufzen von Ali umarmten einander, sie sangen das schöne Lied der Zweisamkeit, Maria schrie vor Leidenschaft leicht, als sie den in ihr schmelzenden Ali spürte.

Ali hatte seine Heimat als junger Mann wegen des Kriegs verlassen, er wohnte seit zehn Jahren in München. So oft er seine Eltern besuchte, wartete zu Hause eine neue Frau auf ihn, weil die Tradition seines Landes und sein Vater das von ihm verlangten. So hatte er schon drei Frauen und mehrere Kinder, die alle in seinem Heimatland zusammen in seinem Haus wohnten, er war viel älter als seine dritte Frau, die er vor Kurzem geheiratet hatte und die er nach ein paar Monaten alleine zu Hause zurückließ. Seit Jahren leitete er einen Betrieb, wo die Menschen täglich ihr Glück suchten. Neben der Arbeit hatte er eine große Leidenschaft, und das waren die Frauen. Er war oft der Geliebte der Frauen, deren Männer in seinem Kasino spielten und die für ihre Ehefrauen keine Zeit hatten. Er war sehr charmant, achtete auf sein Äußeres und auf seine Gesundheit, weil er lange seine Leidenschaft ausleben wollte. Seinen Tag begann er mit einem frischen selbst gepressten Granatapfelsaft, von dem er täglich ein Glas trank. Er war ein großer Frauenkenner; durch seine Taktik beim Liebesspiel weinten die Frauen vor Glück.

Und dieser Ali lag jetzt neben Maria und betrachtete genussvoll die neben ihm liegende pure Weiblichkeit, mit der er ein vor paar Minuten vereint gewesen war. Obwohl er für Maria der erste Mann war, sah er, wie frei, offen, entspannt und hingebungsvoll sie beim Liebesspiel war. Er schaute in ihre glücklichen Augen, lachte nett und sagte: »Bevor ich es gemerkt habe, konnte ich nicht glauben, dass du eine Jungfrau bist.« »So bin ich«, sagte Maria und lachte mit ihrem süßen Lächeln. Ali lachte mit und berührte ihren schönen Busen zärtlich. Maria legte ihren hübschen Kopf an seine Brust und sagte: »Ich wollte immer erst meinen Körper gut kennen, in mir und mit mir die Leidenschaft erleben und danach mit einem Mann schlafen.« Ali umarmte sie, küsste sie auf ihren Kopf, der ganz entspannt an seiner Brust lag, und schlief bald ein.

Maria konnte nicht einschlafen, in dieser Nacht wurde sie eine vollkommene Frau und die Nacht gehörte ihr. Sie stand vorsichtig auf, ging zum offenen Fenster und atmete die frische, reine Luft ganz tief ein und aus. Sie schaute in die leere Straße, es war angenehm ruhig. Sie blickte in den Himmel, der Vollmond lachte ihr nett zu. Dann dachte sie daran, wie Mona Lisa auf ihre Frage geheimnisvoll gelächelt hatte, sie drehte ihren Kopf und schaute den ruhig in ihrem Bett schlafenden Ali an. Plötzlich merkte sie die am Rand des Bettes nebeneinander sitzenden Eduard und Stefan. Eduard schaute mitfühlend in ihre vielsagenden Augen und senkte seinen Kopf. Stefan blickte sie mit einem abscheulichen Blick an und lachte ganz laut mit einem bösen Lachen.

Die Tage, die Wochen, die Monate gingen schnell dahin. Es waren fast drei Jahre vergangen, seitdem Eduard im Kloster lebte. Es gab keinen einzigen Tag, an dem er nicht an Maria dachte. Er wusste nicht, wie es ihr nach seiner unerwarteten Entscheidung ging, und das beunruhigte ihn sehr. Er hatte keinen Kontakt zur Außenwelt mehr und er wollte auch nicht, dass jemand ihn besuchte. Er hatte ein kleines Zimmer im Gästehaus des Klosters gemietet. Sein Klosterleben bestand aus der Malerei. Er malte täglich und versuchte, sein eigenes privates Leben durch seine Arbeit zu vergessen. Am Anfang malte er die Mönche und die Klostergäste, die mit ihm zusammen im Gästehaus für ein paar Wochen wohnten, dass sie dadurch neue Kräfte, innere Ruhe und Gelassenheit gewinnen und gestärkt in den Alltag zurück-kehren konnten. Bald erfuhr jeder im nahe gelegenen Ort, dass im Kloster ein Maler aus Paris wohnte. Zu ihm gingen Männer, Frauen, Familien mit ihren Kindern, sie wollten von diesem merkwürdigen Maler, der sehr nachdenklich aussah und fast gar nicht mehr redete, gemalt werden. In der Nacht lag er im Bett, betrachtete stundenlang die Fotos, die seine und Marias gemeinsame schöne Zeit zeigten. Er schaute Marias bildhübsches, gutmütiges Gesicht an, das von ihrem glücklichen Leben so sehr strahlte. Er streichelte ihre Wangen zärtlich und küsste ihre vielsagenden Augen sanft. Sein Herz weinte und strebte nach Marias Wärme. Er vermisste sie so sehr, und wie sehr er sich wünschte Marias hübschen Kopf an seiner Brust zu spüren! Er er-innerte sich täglich an ihr süßes Lächeln, an ihre weib-lichen Reize, die ihm so sehr fehlten. Er dachte an Maria und an ihren starken Glauben an die wahre, unsterbliche und schöne Liebe, der ihm Hoffnung gab und den er so sehr brauchte. Dann plötzlich tauchten vor seinen Augen die unerwünschten, gespielt glücklichen Ehebilder seiner Eltern auf, die gnadenlos seine guten Zukunftswünsche vergifteten und töteten. In letzter Zeit musste er oft an die »Gute Lüge« seiner Eltern denken und an den Tag, der seine glückliche Kindheit und seine glückliche Jugendzeit mit einer bitteren Wahrheit endgültig beendete.

»Schieb deine Haare vorsichtig und sanft hinter dein Ohr so, dass ich damit deine Hand, dein Gesicht und deine Haare ganz langsam betrachten kann!«, sagte Eduard zu ihr. Sie hob ihre Hand hoch, berührte damit ihr süßes

Gesicht zärtlich, badete ganz vorsichtig mit ihrer Hand in ihren schönen und langen Haaren und zeigte, wie ihre schönen Finger ganz langsam, sehr vorsichtig unter ihre Haare schwimmend, eine Dauerwelle bildete. Sie war vierzehn Jahre alt, die Tochter von einer privilegierten Familie und die kleine Schwester von drei Brüdern. Eduard wollte nicht wissen, wie sie hieß, für ihn war sie die kleine Maria, die Ähnlichkeit mit ihr war nicht zu übersehen. Er betrachtete lange ihr noch nicht gereiftes bildhübsches Gesicht, er blickte in ihre tiefen, unschuldigen Augen und in seinen Augen standen Tränen der Sehnsucht und der Freude. Er malte sie und dachte an Marias Porträt. Seine Augen glänzten, als er merkte, wenn er sie glücklich betrachtete, wie sie mit ihren süßen Lächeln ihre kindliche Scham unterdrücken wollte, und er spürte an seiner Brust Marias bildhübsches Gesicht, das Gesicht, das an seiner teueren Brust seine Scham versteckte. Er malte das Porträt in kurzer Zeit, und das Porträt sah ähnlich aus wie das Bildnis, für das er vor ein paar Jahren einen ganzen Sommer gebraucht hatte und das für ihn das Bildnis seines Lebens geworden war.

Sie schlief tief und entspannt. In dieser Nacht konnte Maria endlich schlafen. Ihre außergewöhnliche Seele spürte das große Glück. Sie träumte, und wie immer, wenn sie etwas Schönes träumte, zeigte auch jetzt ihr hübsches Gesicht ihr süßes Lächeln. Sie war in Paris und ging in die Kastanienallee, sie hatte ein langes, weißes Hochzeitskleid an, in der Hand hatte sie einen langen, breiten Schal. Der Schal war aus Seide und hatte eine rote Farbe, ihre schönen langen Haare trug sie offen. Sie lief mit fröhlichen und tanzenden Schritten zwischen den Kastanienbäumen und ließ den

Schal mittanzen. Auf sie schneiten reichlich die weißen und roten Kastanienblütenflocken, sie ging tanzend weiter. Plötzlich blieb sie stehen, drehte ihren hübschen Kopf nach hinten und schaute lachend auf die hellen Spuren, die sie mit ihren weißen Schuhen auf dem Blütenschneeweg hinterließ. Sie sah schon den See, der ganze See war mit Blütenflocken bedeckt und leer. Sie suchte mit ihren wunderschönen Augen die Bewohner des Sees. Sie dachte, dass die Enten, die Gänse, die Fische und der Schwan sich vor dem Schnee versteckt hatten und sie schaute suchend unter die Bäume. Plötzlich sah sie vor sich die zwei schneeweißen Schwäne, graziös schwimmend. Sie erkannte den alten Freund, der immer alleine gewesen war und mit dem sie oft geredet hatte. Sie freute sich sehr für ihn und wünschte ihm viel Glück. Der Schwan bedankte sich bei ihr mit einem Lächeln und wollte ihr etwas sagen, als ihr Telefon klingelte und sie aufweckte.

»Ja, hallo?« »Ich habe deine Stimme so sehr vermisst.« »Eduard, Eduard, mein Eduard!« »Meine wertvolle Maria!« »Liebling, bist du noch im Kloster?«

»Nein, ich bin am Flughafen, heute morgen habe ich von meinem Klosterleben Abschied genommen. Ich habe gespürt, dass das nicht mein Weg ist. Ich kehre zurück ins Leben.« »Es freut mich sehr, dass du den Weg deines Lebens gefunden hast.«»Würdest du dich auf ein Wiedersehen mit mir noch so sehr freuen wie früher?«»Natürlich Liebling, sogar viel mehr!«»Ich rufe dich an, weil ich dir sagen wollte, dass ich dich in vier Stunden in meine Armen schließen kann.«»Was! Du fliegst zu mir?« »Zu wem sonst?!« »Oh, Eduard, ich bin so glücklich, ich kann kaum warten, dich wiederzusehen!«»Meine liebe, süße Maria, ich muss ins

Flugzeug, wir sehen uns in wenigen Stunden!« »Ich freue mich! Ich freue mich! Ich freue mich so sehr!« »Ich mich auch, meine Liebe, Mon Cheri, du bist das Bildnis meines Lebens! ich muss jetzt auflegen.« »Guten Flug, Liebling!«. Maria war außer sich vor dieser unerwarteten Freude, sie schaute ihr an der Wand hängendes Porträt an und lachte süß.